TAKE
SHOBO

国王陛下は身代わりの花嫁を熱愛中

伽月るーこ

Illustration
天路ゆうつづ

蜜猫
MitsuNeko

国王陛下は身代わりの花嫁を熱愛中

contents

イラスト／天路ゆうつづ

国王陛下は身代わりの花嫁を熱愛中

序章　満月の晩

　彼女が、ウォルド・メレディスと初めて出会ったのは、満月の晩だ。

　王家主催の仮面舞踏会へ出席したのがきっかけだった。

　いつも遠くから見かけていたとはいえ、実際に会うのは今夜が初めてになる。不安と緊張で、今にも心臓が口から飛び出そうになるのを必死に堪え、彼女は深呼吸を繰り返す。大丈夫、大丈夫。そう自分に言い聞かせていると、その瞬間はやってきた。

「失礼」

　問いかけてくる心地いい低い声に、心臓が大きく高鳴る。

　彼女は声がしたほうへゆっくりと向き直り、相手を見た。上品な装飾をした仮面で目元を隠してはいるが、その凛《りん》とした佇《たたず》まいは変わらない。一瞬のうちに、彼が約束の相手だと理解する。一方的に相手を知っている彼女とは違い、彼は恐らく目印の仮面がなければ彼女を見つけることができなかったのだろう。

「――ロゼリア・ランバートさまでいらっしゃいますか？」

名前を確認してきた。

しかし、それが普通だ。

だって、相手は――、

「はい。お目にかかれて光栄です、陛下」

一国の王なのだから。

「そんなにかしこまらないでください、婚約者殿」

失礼があってはいけないと、母に教わった挨拶をしたのだが、返ってきたのは困惑の声だった。彼女は姿勢をただし、彼を見る。

「国王とはいえ、今はただのウォルド・メレディスです。どうぞ、私のことはウォルドと、お呼びください。私も、ロゼリアと呼ばせていただきますから」

ね。

と、重ねて念を押されてしまえば、断ることもできない。

彼女は、彼――ウォルドの意向に沿うことにした。

「……わかりました」

「では、参りましょうか」

満足げに微笑《ほほえ》んだウォルドが、流れるような所作で手を差し出してくる。

「まずは一曲、お相手いただけると嬉《うれ》しいのですが」

一瞬、何をするのかと考えるほど緊張していたが、それがダンスの申し込みであることに気づき、彼女は彼の手に己の手を重ねて歩き出そうとした。しかし、手のひらから伝わる冷えた感触に、思わず足を止める。

「ロゼリア?」

その瞬間、自分がどう行動するべきなのか、見えたような気がした。

彼女はウォルドの手をぎゅっと掴《つか》み、はっきりとした口調で言う。

「私、疲れました」

「え?」

「少し、人の熱に当てられたようです」

「んん? しかし、今こられたばかりでは……」

「疲れたので、休みましょう。申し訳ないのですが、落ち着ける場所へ案内してくださる?」

ウォルドのそばで控えるようにして立っている側近へ視線を移し、問いかけた。彼は逡巡《しゅんじゅん》してから「こちらです」と言って背中を向ける。

どうやら、案内してくれるようだ。

「あの、ロゼリア?」

彼の背中を追いかけるようにして、彼女は困惑するウォルドの手を引いた。

いつもより大胆な行動をしても違和感がないのは、仮面をつけているせいだろうか。いつもの自分を仮面の下に隠すだけで、こんなにも大胆になれるとは思わなかった。

色とりどりのドレスの合間を縫うようにして、彼女とウォルドは、人々の熱がこもっている会場からバルコニーへ出る。

「この先に小部屋があります。そちらをお使いください」

「ありがとうございます」

案内してくれた礼を言い、彼女は再びウォルドの手を引いた。

どうやら本当に熱にでも当てられていたのか、火照った頬《ほお》を撫《な》でる風がとても心地良い。

闇夜に浮かぶ煌々《こうこう》とした満月に照らされ、キラキラと水面を輝かせた運河を横目に、彼女はバルコニーから目的の小部屋へ足を踏み入れる。

小部屋と言うだけあって、確かに狭い。

中には、ふたりがけの豪奢《ごうしゃ》なソファが置かれているだけで、燭台《しょくだい》もない簡素な部屋だった。

出入り口もバルコニーしかなく、夜会の最中に秘密の逢瀬《おうせ》をする目的で作られたものかもしれない。

だとしたら、ちょうどよかった。

月明かりだけで照らされたここなら、ゆっくりできるだろう。彼女はウォルドともども、ソファへ座った。そして、繋《つな》いでいた手を自分の膝にのせ、彼の手を両手で包み込む。

彼女はただ、彼の手に己のぬくもりを移していた。

「……………………あの、ロゼリア？」

「はい」

「何をしているんだ？」

「休んでおります」

「……あー、では、私はどうすればいい……？」

「お好きになさってください」

「……さすがに、そういうわけにはいかないと思うのだが」

「問題ありません。私は、こうしているだけで、煩《わずら》わしい人の話し声から解放されます。陛下も、お休みになるのなら今しかありませんよ」

「……」

「ご公務で、お疲れなのでしょう？」

冷えていた手が、少しずつ熱を取り戻したように、あたたかくなっていく。

「私に気兼ねなく、お休みください」

今、ウォルドを見ても、仮面のせいで表情は見えないだろう。

だから、あえて見なかった。きっと、彼女もそうする。そう思ったからした――のだが、両手で握り込んでいたウォルドの手が、そっと出ていった。

もしかして、気分でも害してしまったのだろうか。

ここまで、多少強引に連れてきたのは確かだ。国王に対する行動ではないということも、理解している。だからといって、あんなに冷えた手をした人を、放ってはおけなかった。

余計なお世話、という言葉が浮かび、心が沈みかける。幸いにも仮面があるおかげで表情を読み取られずにすんでいるが、これでも心穏やかではない。

さすがに、やりすぎただろうかと、反省の念が浮かんだ――そのとき。

「……」

左の頬に、あたたかな何かが触れる。

それは彼女の長い髪を耳にかけ、頬をあらわにさせた。

視界の端に現れた彼の指先を視線で追うように隣を見ると、その動きに合わせてそっと、手のひらが彼女の頬を覆った。親指が、くすぐるように頬を撫でる。彼女がゆっくりと視線を上げた先では、満月に照らされたウォルドがいた。

「……陛下……、仮面……は？」

「あなたの前では、しても意味がない」

それは一体、どういう意味なのだろう。

不思議に思う彼女の前で口元を綻ばせたウォルドは、頬から手を離して倒れ込んできた。

「!?」

驚きで声をあげそうになったが、すんでのところでどうにか堪える。

ウォルドは己の頭を彼女の膝に預けてから足を肘置きへ投げ出し、仰向《あおむ》けで横になった。

「……陛下？」

図らずも膝枕をすることになろうとは思ってもいなかったせいか、さすがに動揺が声に出る。

「ウォルドでいい」

「しかし」

「俺が、いいと言っている」

優しい声に、有無を言わさぬ感情が込められているのがわかり、彼女は諦めた。

「…………ウォルドさま」

「ん、まぁ許してあげようか」

楽しげに微笑む彼の表情が、実年齢よりも若く見えるのはどうしてだろう。

しかし、考えたところで答えが出ない疑問だということも理解している。目下のところ、彼女が今考えるべきなのは、この置きどころのない手のやり場だ。胸のあたりで浮かしたままでいるというのも、不自然極まりない。

さて、どうしよう。

「ロゼリアも、好きにしていい」

困っていたのが、ウォルドにも伝わったのだろうか。

彼は目を閉じ、腕を組んでいる。ウォルドからは触れないという意思表示なのかわからないが、彼女はいつも姉に膝枕をするときのように、右手をウォルドの頭に添え、左手で目元を覆った。

嫌がる素振りを見せない彼の態度に、静かに安堵《あんど》の息を吐く。

静寂の代わりにふたりを包み込んだのは、かすかに聞こえる優雅な音楽だけだ。穏やかな時間に緊張が解けたのか、彼女は無意識のうちにウォルドの髪へ手を差し込み、優しく頭を撫でていた。

「……なんだか、子供にでもなった気分だ」

彼の言葉で我に返った彼女は、己の手の動きを見て目を瞠《みは》る。

「ご不快……でしたか？」

「いや？　……久しく、人のぬくもりに触れていないせいか、とても心地良い。それに、好きにしていいと言ったのは俺だ。変な遠慮はしなくていい」

よかった。

不興でも買ったら、それこそランバート家の立場が危うくなる。さっきはついつい気が緩んでしまったが、これ以上余計なことをしないよう、彼女は気を引き締めて顔を上げた。

目の前にあるのは、運河にその姿を映す美しい満月だ。

その白銀の光は、この国とこの国を統べる者を照らしている。

（……不思議ね。こんなことでもなければ、今ここで彼に膝枕をしているのは、私ではなかっ

たかもしれないなんて）

　そう思うと、どこか胸が苦しくなった。

「……」

ずっと見つめていた人が、自分の膝に頭を預けて安心している。

この瞬間があるだけで、これから先を生きていけるような気さえした。

彼と話をし、彼に触れられ、彼と触れあっている——この夢のような現実《しあわせ》を胸に、生きていければそれでいい。

　ただひとつ残念なのは、

「ロゼリアの手は、気持ちがいいな」

ウォルドの唇が自分の名前を紡いでくれないことぐらいだ。

「……光栄です」

でも、それでいい。

だって彼は、好きになってはいけない人——姉の婚約者なのだから。

ふと、視界がほんの少し歪《ゆが》んだが、気のせいだと思うことにした。

第一章　突然の嵐

「私、この婚約破棄するわ」

ドアを開けるなり放たれた姉のひと言によって、楽しい家族の団らんは一瞬にして凍りつく。

それは、ランバート家の末娘――リーゼロッテも例外ではなかった。

カップを口につけようとしていた姿勢で動きを止めた両親とともに、リーゼロッテも同じ体勢で固まる。そんな家族の反応などどうでもいいのか、当の本人はすっきりしたと言わんばかりにつかつかと歩き、リーゼロッテの隣に腰を下ろした。

「あ、このお菓子好き」

帰ってきて開口一番に家族を凍りつかせた姉は、周囲のことを気にかけることなく、手近にあったワゴンから焼き菓子をひとつつまみ上げ、それを嬉しそうに頬張《ほおば》った。

「ねぇ、リーゼ。私にも紅茶」

やわらかな印象を与える少し下がった目尻が、笑うともっと下がる。かわいい姉の笑顔を見て我に返ったリーゼロッテは、姉のために紅茶を淹《い》れるべく、立ち上がってワゴンへ向かった。

そこでようやく、父と母の時間が動き出したらしい。

「ロゼリア！　いきなり何を言い出すんだ！」

慌てた声が、お茶を淹れるリーゼロッテにも届く。

「だって、結婚するなら好きな人としたいんだもの」

「結婚してから、好きになればいいじゃないか……！」

「嫌よ。私、厳しくて、腹で何考えてるかわからない男って、だめなのよね」

「あ、相手は国王陛下だぞ⁉」

どんな不満があると言うのだ。――と、言いたげな父の発言に、リーゼロッテも同意する。

この国の若き国王といえば、容姿端麗の美丈夫だ。先代の王が他国から婿入りしたため、ダークブロンドというこの国では珍しい髪色をしており、近来稀《まれ》な美しさを持っていた。

なんでも、他国から求婚の手紙が山のように届くという噂《うわさ》まである。

「一国の王でもなんでも、私は私の一生を好きでもない男に捧《ささ》げるのが嫌なだけ」

本気で父が焦っているのをわかっていてもなお、ロゼリアは考えを改めなかった。これはもう、何を言っても無駄だろう。彼女に前言撤回をさせることが、どんなに難しいことか、身をもって知っているのはここにいる家族だけだ。

ロゼリア・ランバートという少女は、そういう人間だった。

今にも頭を抱えようとしている父を横目に、リーゼロッテはロゼリアへソーサーごとティーカップを渡す。

「ありがと、リーゼ。……あら、薔薇《ばら》の花びらの砂糖漬け。気が利くのね」

機嫌のいいロゼリアに微笑み、リーゼロッテはソファに座った。そして、自分も落ちつくために、少し冷えたカップを手に取る。突拍子もないことを言うのはいつも姉のロゼリアだが、今回はまたとんでもない。

ことの重大さがわかっているのか、わかっていないのか。

妹のリーゼロッテでさえ、理解できなかった。

「ああ、もう、一体どうしたらいいんだ。ここで我が家が婚約を破棄したら、王妃の権利が次の家にまわってしまうではないか……！」

とうとう頭を抱えた父に、隣に座る母がそっと寄り添う。

「あなた、次の家というのは……」

大きく息を吐いた父が、顔を上げて答える。

「あろうことか、バルフォア家だ」

その声は、真剣味を帯びていた。

この国――メレディス王国は、生活のほとんどを美しい運河に頼っている。

国内を流れる運河は道の数、いや、それ以上あり、場所によってはゴンドラでしか行けないところだってある。生活のほとんどをゴンドラに頼る国民にとって、運河はなくてはならないものだった。

周囲をほとんど海に囲まれ、この大陸の玄関口になっていることから、周辺各国のさまざまな船が寄港し、人だけでなく物も運ばれるようになる。

それに貢献したのが、港を所有する三人の公爵家だ。

彼らは各々で大きな港を所有しており、代々守ってきた。そこへ海運・輸入・観光を生業とする三人の公爵によって、国内外に物が流通、国内の物資も豊富となり、さらにメレディス王国は発展する。物が集まれば人が集まり、人が集まれば商売が生まれ、メレディスが活気づいていくのは自然な流れだった。

国を統治しているのは王家と言えど、国を支えているのは、この六人の公爵家――六公爵家と呼ばれる家の者たちだ。

どれもメレディスにとって掛け替えのない役割をこなす公爵家を、王家は蔑《ないがし》ろにできない。

いつ力の均衡が崩れるともしれない状況の中、忠誠心を誓っている家ばかりだけではないのも確かだった。以前、とある公爵家が、国への貢献を盾に王家へ娘を嫁がせ、あわよくばこの国を乗っ取ろうとしたことがあった。

結果的に未遂で終わったのだが、それを危険とした王家は、各公爵家と〝王妃の権利〟という密約を結んだ。

『王家に王子が生まれたら、女児を嫁がせる権利を各六公爵家に授けよう。ただし、その権利を有するのは一家につき期間は一年だ。翌年には次の公爵家へ権利が移ることとする』

つまり、六年に一回だけ、各公爵家に〝王妃の権利〟が巡ってくるという内容だった。

それは王家に王子が生まれても、生まれなくても、関係なく巡る。確実に、六年に一度しかまわってこない権利だった。

王家に子供が生まれ、それが王子だった場合、彼が適齢期になる時期に権利を持つ家にふさわしい女児が居ればめでたく婚約となり、互いに成長したのち婚姻を結ぶことができる。

たとえ権利を持っていても、その家に女児が居なかったら、次の公爵家へ権利が移ることになる。

逆に、王家に王女しか生まれなかった場合は、他国との婚姻を結ぶ決まりにした。

こうすることで、各公爵家の力を均衡にしようと王家は考えたのだろう。

結果、そう簡単に王子は生まれず、王女が続き、密約どおりに事が運んで王妃になった公爵令嬢は片手で数えるほどだ。噂では、野心家の公爵によって命を奪われた娘もいたらしい。

とはいえ、いつかは王家に自分の家の娘を嫁がせることができる。その希望に支えられる家もあれば、なにがあろうと王家に忠誠を誓う家、代替わりによって野心的な考えを排除する家など、六公爵家と言っても思惑はさまざまだった。

リーゼロッテの父は、その六公爵のうちのひとりだ。

ランバート家はもともと、メレディス王家に命を助けられたところから歴史が始まっているせいか、謀反や野心などといった感情を持ち合わせていない。リーゼロッテの父も、王家に娘を嫁がせることよりも、王家の幸せが自分の幸せだと思っている男だった。

ただ、今年だけは違う。

ランバート家長女であるロゼリアの一言によって、同じ六公爵家であるバルフォア家に〝王妃の権利〟が移ってしまう可能性が出てきたとなると、話が変わる。

「まったく、なんということだ。バルフォア家は今、後継者問題に揺れている家だぞ。身体の弱い兄に子供はなく、弟に娘がいる。人格としては兄のほうが上だが、野心家の弟はついたら黒い噂しか出てこないほどの危険人物なんだ。今回の件を耳に入れられてみろ。必ず進言してくるはずだ。もし弟の娘が王妃の権利を手にしたら、間違いなくバルフォア家の後継者はその弟になるだろう。この国の六公爵家の一角は瓦解するかもしれん」

今年はランバート家にとって、六年に一度にあたる〝王妃の権利〟を所有している年だった。

国王の結婚は二十五歳以後。その時点で適齢期の娘を持ち、王妃の権利が最初に巡ってくる六侯爵家はランバート家になる。

前もって数えればそのときに合致する家はわかるので、ランバート家長女であるロゼリアが国王に嫁ぐことは決まっており、王家もそれを承諾していた。父も、次の家に〝権利〟を渡さずにすむことにほっとしていたのだ。

さっきの、姉のひと言を聞くまでは。

「あらまぁ、大変そうね」

不安を口にした父の話を聞いてもなお、隣に座る姉はどこ吹く風だ。

ロゼリアがあんなことを言わなければ、父も心おだやかに過ごすことができたというのに、あろうことか、縁談を断れない年に限って問題が起きた。いや、ロゼリアが起こした、と言っても過言ではない。

「ロゼリア、今からでも前言撤回しなさい」

「無理よ。私、もう陛下にお断りしますって言ってしまったもの」

「な」

ロゼリアからのさらなる発言によって、父だけでなく母もリーゼロッテでさえもその場に固まった。どうしてこう、彼女は昔から状況を掻《か》き回すのがうまいのだろう。

呆然《ぼうぜん》とする家族をよそに、ロゼリアはカップの中の紅茶を飲み干した。

「この世の終わりみたいな顔をしているわよ、お父さま」

「誰がそうさせたんだ！　誰が‼」

額に血管を浮き上がらせて、父は叫ぶ。

「ご安心を。この縁談、私が婚約を破棄するだけで、この家にはまだ権利を持つ者がいるではありませんか」

余裕のある声でカップに残った薔薇の花びらの砂糖漬けをスプーンで掬《すく》うと、ロザリアが妖艶に微笑む。何かに気づいた両親の視線と、隣にいる姉の視線がリーゼロッテに注がれた。

なんとなく、嫌な予感がする。

「……ま、まさかお姉さま……？」

にっこりと満面の笑みを浮かべたロゼリアは、機嫌よく言った。

「そ。私の代わりに、リーゼロッテが嫁げばいいの。ほーら、これで問題解決だわ」

それはそれは楽しそうに言うロゼリアに、リーゼロッテは頭の中が白く染まっていく。

「そんなことが……!! ……そ、そんなことは……できる……のか？」

勢いよく立ち上がったかと思うと、父は考えるように首を傾《かし》げた。

「そもそも、王家と交わした密約では、女児を嫁がせるというだけで、そこに順番は関係ないのではないか……？　歴代の公爵家の娘が、今まで国王との縁談を断らなかっただけで、権利がある家の女児であれば誰でもいいのかもしれないな。……よし、早速城へ向かおう」

気を取り直した父が出かける旨を言い渡し、母はその準備に立ち上がる。

「いってらっしゃーい」

慌ただしく部屋から出ていく両親を見送ったのは姉だけで、リーゼロッテは未《いま》だに何が起きているのか、ついていけなかった。

「よかったわね、リーゼロッテ」

ふふ、と微笑むロゼリアが、スプーンにのっている薔薇の砂糖漬けを口に入れた。

「……よ、よかったって、何が……、何がよかったの……？」

「だってほら、あなた王妃さまになれるのよ？」

呆然としていたリーゼロッテだったが、勢いよくロゼリアのほうへ向き直る。

「よくない！　全然よくない‼　私、王妃さまになりたいわけじゃないわ！」

「でも王妃よ、すごいじゃない」

「だったら、お姉さまがなってよ‼」

「嫌よ、私に愛のない結婚はできないもの」

ふい、と顔を逸した仕草でさえも、愛らしく見せてしまうのだから、ロゼリアはすごい。

リーゼロッテの姉、ロゼリア・ランバートは美しいと評判の娘だ。

春の陽射《ひざ》しのようなハニーブロンドと、夏の空のような青い瞳という容姿に恵まれ、穏やかでやわらかな笑顔が美しく、〝薔薇の君〟と密《ひそ》かに呼ばれている。

対して妹のリーゼロッテは、秋に輝く月のようなやわらかいハニーブロンドと、冬空のような鈍色《にびいろ》の目をし、目元が少しつり上がっているせいか、顔がきつい。そのせいで、周囲からは薔薇を姉に持つ〝棘《とげ》の君〟と呼ばれていた。

実際には、外見と中身が逆のほうがちょうどいいのにね、と両親に言われるほど、性格は容姿と反対だった。穏やかな表情をしているロゼリアのほうが、自由と言えば聞こえはいいが、言うことなす事が奔放すぎて嵐のように周囲を巻き込み、振り回す。それが魅力的だと、人はついてきた。そんな姉に、リーゼロッテは昔から敵《かな》わなかった。

だからといって、姉を嫌いにはならない。

むしろ、常に人の輪の中心で輝いているロゼリアを誇りに思い、憧れすら抱いている。

物怖《ものお》じしない態度で悪いことを「悪い」と言い、リーゼロッテが困っているときはいつも助けてくれた。リーゼロッテを愛していると伝えてくれる姉の想《おも》いや、彼女の愛らしい容姿が見せる愛嬌《あいきょう》によって、振り回されてもすべて「しょうがないわね」と許してきた。

しかし、今回のことはさすがに「しょうがない」ですまされない問題だ。

「お姉さま。今からでも遅くはありません」

「嫌よ」

「お姉さま‼」

「嫌ったら嫌。私は断ったの。だから今は、陛下とあなたの問題だわ」

「いいえ、まだ王家から許可が出ていないのですから、陛下とお姉さまの縁談です」

「……確かにそうね。では、まだ、私の縁談ってことにしといてあげましょうか」

続けて、と言うように、ロゼリアはリーゼロッテを見た。彼女がリーゼロッテの意見に耳を貸したことで多少落ち着いたのか、少し息を吐く。

「……どうして、陛下との縁談を断ったりしたんですか」

「気まぐれよ」

「お姉さま！」

リーゼロッテのたしなめる声に、彼女は小さく息を吐いた。

「言ったでしょう？　愛のない結婚をしたくないの」

「……本当に？」

「ええ。本当にそれだけよ」

紅茶を飲みながら、ふぅと小さく息を吐き、ロゼリアはリーゼロッテに視線を向ける。

「それともなに？　リーゼロッテは私の言うことが信じられないの？」

そうは言っていない。

ただ、心に引っかかっていることがあるだけだ。

不安を露《あら》わに首を横に振ったリーゼロッテを、ロゼリアが隣から抱きしめた。

「動揺したり不安になったり、あなたは本当に忙しい子ね」

よしよしと、子供をあやすように背中を撫でる手に安心をもらい、リーゼロッテはロゼリアのふかふかの胸に顔を埋める。姉からは、優しい甘い香りがした。

「陛下はいい方よ。……私よりも、あなたのほうがよく知っているかもしれないけれど」

「……今回は、あのときとは状況が違います」

半年前のことだ。

リーゼロッテは、ロゼリアの代わりに一度だけ姉の婚約者であるウォルドと会ったことがある。その日は、六公爵家を筆頭に各貴族への労《ねぎら》いを込めて、王家が主催した舞踏会だった。

年若くして国王となったウォルドが、なかなか婚約者に会う時間が作れずにいたため、側近たちが気を利かせて、舞踏会の日に初めて顔合わせができるよう調整したらしい。

そんな大事な日に、姉はあろうことかリーゼロッテの隣からいなくなった。

『これ、あげる。私はちょっと楽しんでくるから、陛下には適当にごまかしておいて』

破天荒な姉らしい行動とはいえ、目印の仮面を取り替えられてしまえばどうしようもない。

こんなことなら、姉の付き添い――という名の、お目付け役など、引き受けなければよかったと後悔した。父に頼まれた役目さえ満足にできない愚図《ぐず》な自分が、情けなくてたまらなかった。しかし、姉に関わるというのは、そういうことだ。巻き込まれて面倒な状況になったのは、何もこれだけではない。

唯一の救いは、その夜が仮面舞踏会だったことだろうか。

素顔を隠して姉の婚約者であるウォルドと話し、その場を凌《しの》ぐことさえできればよかった。

それなのに、リーゼロッテは――抱いてはいけない感情に手をかけてしまった。

姉の腕の中から抜け出したリーゼロッテは、膝の上で握りこぶしを作る。

そこへロゼリアの手がそっと重ねられた。

「あなたは私にならなくていい。半年前と違うのは、そこだけよ」

たまらず顔を上げたリーゼロッテに、ロゼリアは穏やかに微笑む。

「リーゼ、そんな顔をしていたら、幸せが逃げるわよ。これは、あなたの幸せの道。大丈夫、私がついているわ。リーゼロッテの幸せを誰よりも願う、この私がね。だからきっと、うまくいく」

妹を安心させようとするロゼリアの優しい声を聞きながら、リーゼロッテは複雑な気持ちでいた。いつも人の輪ができるかわいらしい〝薔薇の君〟と呼ばれているロゼリアならまだしも、〝棘の君〟と呼ばれているリーゼロッテに、王妃という大役は荷が重い。

そしてなにより〝棘の君〟では、周囲の者と国王が反対するはずだ。――そう、思っていた。

しかし。

「――リーゼロッテ、聞いてくれ！　王家が快諾してくれた‼」

メレディス王家はあっさり、リーゼロッテに〝王妃の権利〟を与えることを許可した。

さらに。

「バルフォア家に〝王妃の権利〟を渡さないためにも、陛下に嫁いでくれ、頼む‼」

そう父に頭を下げられてしまったら、リーゼロッテも強く出るに出られない。結果、承諾することになったのだが「本当に、これでいいのだろうか」という思いは、拭えなかった。

喜び安堵する両親と、満足げに微笑む姉を横目に、リーゼロッテだけが夢の中に取り残されたような気分のまま、あれよあれよという間に結婚の準備は進んでいく。あまりにも早すぎる周囲の動きに、どうにかついていきながらも、リーゼロッテは父から王家の慣例について聞かされた。

なんでも、王家の婚約者は結婚前に二週間ほど、相手と一緒に過ごすしきたりがあるそうだ。

それは〝王妃の権利〟を所有する者も例外ではない。

まだ王妃としてのお披露目《ひろめ》が先とはいえ、しきたりの日程はあらかじめ予定されている。その日に間に合わせるべく、ロゼリアのサイズで発注していたドレスを仕立て屋が大急ぎで作り直し、どうにかこうにか、その日を迎えることができた。

残りのドレスは、のちのち誰かが王城へ届けるということで話がつき、リーゼロッテは父とともに王城の謁見の間へと向かったのだった。

ところが。

「やぁ、ランバート公。ご無沙汰しておりますな」

どこでどう聞きつけてきたのか、バルフォア家当主の次男・ガロンが、リーゼロッテたちを謁見の間で待ち構えていた。驚くリーゼロッテの横で、父は小さく「遅かったか」とつぶやく。支度を急がせていた父の理由が、なんとなくわかったような気がした。

危険視していたバルフォア家次男がここにいるのだ、嫌な予感しかしない。

緊張とともに息を吐き出し、リーゼロッテは父と共に歩きだす。

この日のために仕立ててもらったのは、薔薇をモチーフにした真紅のドレスだ。リーゼロッテは、もう少し地味な色でもいいと言ったのだが、これだけは譲ることはできないと、ロゼリアが意見を通した。

自分には似合わないと敬遠していた、姉を象徴する真紅を身にまとうだけで、ロゼリアがそばにいるような気分になる。もしかしたら、姉がこの場にいたかったのかもしれない。

隣に父、胸元に母から託された祖母のペンダント、ドレスから姉の存在を感じて、リーゼロッテは玉座の前で父とともに膝を折る。それに倣うようにして、少し離れたところにいるガロンも跪《ひざまず》いた。

そこへ、緋色《ひいろ》のマントを羽織った国王――ウォルド・メレディスが姿を現す。

「待たせたな」

窓から注がれるやわらかな陽射しを受け、堂々とした歩みで玉座へ向かう神々しい姿に、その場にいる誰もが息を呑《の》んだ。綺麗《きれい》に前髪をなでつけたダークブロンド、凛々《りり》しい切れ長の瞳、背筋をまっすぐに伸ばして歩く精悍《せいかん》な姿に、目を奪われる。

「こら、リーゼ」

父の声で我に返ったリーゼロッテは、慌てて視線を真紅の絨毯《じゅうたん》へ落とした。

心臓が騒がしくてしょうがない。息苦しさも手伝ってか、緊張が増してしまう。リーゼロッテは、自分を落ち着かせるように、何度も深呼吸を繰り返した。

「よい。顔をあげよ」

厳《おごそ》かな空気の中、緊張を隠せないリーゼロッテが顔を上げる。玉座にいるウォルドが、優雅で、それでいて威厳のある風格でリーゼロッテたちを見ていた。

「――さて、本来ならここで〝王妃の権利〟を持つ貴殿の娘と誓約書を交わす予定だったのだが……、そういうわけにもいかなくなった、ランバート公」

三段ほどある階段の上に整えられた玉座から、ウォルドは父へ語りかける。

「そのようですね」

「挨拶もできず礼を欠いて申し訳ないが、まずはバルフォア家の話を聞いてもらいたい」

「は」

ウォルドが視線をガロンへ移し、話を促す。

「バルフォア家当主の名代として、この場で発言することをお許し下さい、陛下」

「構わん。バルフォア公は、なかなかのご高齢だ。無理をさせたくはないからな」

「陛下の優しさに感謝申し上げます」

「前置きはいい、本題に入れ」

「は。此度《こたび》のランバート家とメレディス王家の婚姻に関して、異を唱えに参ったしだいです」

「……理由は」

「陛下ご自身が、おわかりでは?」

表情を伺うようなガロンの態度に、そばで控えていた宰相がかすかに眉根を寄せた。

「ガロンさま、陛下の質問にお答えください」

「これは失礼を。我々、バルフォア家といたしましては、婚約者変更が〝王妃の権利〟の放棄と同等ではないか、と考えております」

「……」

「もともとロゼリアさまが嫁ぐ予定だったのが、なんの説明もなしにリーゼロッテさまに変更するというのも、変な話ではありませんか。ここで理由のひとつも説明できるのであれば、ぜひランバート公からお聞きしたい」

ちらりと、ガロンが父へ視線を向ける。

ここで理由など話せるわけがなかった。ロゼリアの〝わがまま〟のせいだ、などと言ったら最後、ランバート家の威信に関わる。

もしかしたら、ガロンもそれを承知の上で、父へ質問を投げたのかもしれない。少し前にいる父から、かすかに緊張が伝わってくる。祈るような気持ちでこの場にいるリーゼロッテの耳に、ウォルドの声が届いた。

「論点をずらしてはいけないよ。縁談は繊細な話だ。私とロゼリア嬢との間に何があったのかは、貴殿に話す必要はない。もし、その理由を知っているとしても、ランバート公が話すものでもないだろう。知りたければ、私かロゼリア嬢本人に聞くのが筋というものだ」

にっこり微笑んだかと思うと、ウォルドはその穏やかな目をそっと細くさせ、冷笑した。

「──できるものなら、な」

低く、相手を牽制《けんせい》するような声に、肌がざわめく。

空気が少し冷えたような感覚を味わったのは、リーゼロッテだけではないはずだ。きっと、ガロンもそうだろう。彼はそれ以上、何も言わなかった。

「それで、貴殿はどうしたい？　それを進言するために、ここへ来たのだろう？」

「……恐れながら、ランバート家の婚約者変更を理由に、その権利を我がバルフォア家、いいえ、私の娘へ授けていただきたく」

「なるほど。確か、次に〝王妃の権利〟を得るのは、貴殿の家だったな」

「はい」

ガロンの話を聞き、ウォルドは息を吐く。その吐息の長さが、彼の苦悩を物語っているようだった。

王家は、六公爵家を無下にはできない。

しかも、ここへ直談判《じかだんぱん》しにきたのは、次期公爵候補だ。長男が有力とはいえ、まだ次の後継者は発表されていない。この状況で、王家はガロンの話を聞き入れないわけにはいかなくなった。

謁見の間に流れる異様な空気に、息を潜めること数分。

その数分が、何時間にも感じた。

「――宰相《エリアス》、どう思う？」

ぽつり、つぶやいたウォルドの声が響く。

エリアス・リード宰相が、ウォルドの言葉を聞き、うん、と小さく頷《うなず》いてから静かに口を開いた。

「此度のことは、今までの王家の歴史にない事態です。ひとつの家で権利が姉から妹へ渡った事例など、一度もありません。しかし今回、王家はそれを特例とし、よしとしました。そこへ、異を唱える家が現れるのは当然のこと。特例を作る、とはそういうことです」

「そうだな」

「ですから、ランバート家の娘とバルフォア家の娘を、王城に住まわせてみてはいかがでしょう」

「何⁉」

宰相の提案を聞いたガロンが、驚きの声をあげる。

「婚約者と過ごすしきたりの二週間、交互に陛下と夜を過ごしていただき、最後に陛下がどちらを王妃として迎えるのかを決めていただくことにすれば、おふたりとも条件は同じです」

宰相の冷静な発言に、謁見の間にどよめきが走った。

「ふむ。特例には、特例を、か。いいかもしれんな。……ガロンよ、貴殿はどう思う？」

ウォルドは、ガロンへ意見を投げる。

「……そういうことであれば、これ以上は何も言いますまい」

「そうか。ランバート公、貴殿は？」

「私も、異論はございません」

「ん。では、この話はこれで終わりだ。双方ともに今件に関して、これ以上の異論は受け付けない。いいな」

「は」

「はい」

「バルフォア家の娘は明日にでも、王城へくるよう準備しろ。こちらもそのつもりで、部屋を空けておく。ランバート公の娘は今夜にでも、ゆっくり」

初めて視線を向けられ、リーゼロッテは息を呑む。

ウォルドの言葉を最後に、リーゼロッテの王城生活は波乱から始まったのだった。

●・○・●・○・●

こんなことって、あるのだろうか。

未だに、リーゼロッテは自分にとって都合のいい夢を見ているような気がしてならなかった。

広い寝室、肌触りのいい夜着、密かに憧れていた天蓋付きのベッド。下ろされた紗幕《しゃまく》の外には燭台があり、頼りなさげな火が灯《とも》っている。

あれから謁見の間を父共々出たリーゼロッテは、この部屋に案内され、夕食までの間は自由に過ごしていた。とはいえ、やることなど読書ぐらいのもので、その読書も、今夜のことが気になって集中して読めないほどだった。

食事と入浴を終えて自室へ戻ってきたら、燭台の灯《あか》りに照らされたベッドが待ち構えており、さらにリーゼロッテの緊張を煽《あお》る。

薄闇の中、リーゼロッテはベッドに腰掛け、緊張で落ち着かない時間を過ごしていた。

本来なら、ここにいるのが自分ではないのを知っているからだろうか。膝の上で重ねた手をぎゅっと握りしめ、今にも壊れんばかりに高鳴る心臓を持て余していた。

そこへ。

「待たせたね」

低く、甘い声が〝夢ではない〟と言うように、リーゼロッテを現実へと引き戻す。

その声に導かれるようにして顔を上げると、天蓋から垂れ下がる紗幕の奥に人影が現れる。

微《かす》かに揺れる火に照らされながら紗幕を開けたのは――美しい男だった。

いつも上げられているダークブロンドの前髪が下りているからだろうか、厳しさがなくなり、やわらかな空気が伝わってくる。この国を象徴する運河の色とも言える美しい碧眼《へきがん》は、慈愛に満ちていた。

これが、普段のウォルドなのだろうか。

家の前を流れる運河をぼうっと眺めるように、リーゼロッテは彼から目が離せなかった。

「ん？」

「……美しくて」

「んん？」

ぼんやり答えると、ウォルドは困ったように苦笑した。

その笑顔がかわいくて、リーゼロッテはくすぐったくも、愛《いと》おしい感情で胸がいっぱいになった。これ以上ウォルドを見ていると、心臓がもたない。リーゼロッテは、恥ずかしさから視線を逸《そ》らした。

「す、すみません！」

「……謝るようなことを、された覚えはないんだが……」

「不躾《ぶしつけ》にも、陛下の美しさに見とれてしまいました！」

「んん？　あー、そうか。その、安心していい。不躾な視線ではなかったよ。それから、そんなに緊張しなくてもいい……と、言ってあげたいのは山々なのだが、緊張するなと言うほうが無理か。この状況ではな」

大丈夫、わかっているよ。

そう言うように、ウォルドの手がリーゼロッテの頭を優しく撫でる。

（……な、撫で……ッ）

リーゼロッテはもうそれだけで、思い残すことなく天へ召されてもいいと本気で思った。

暴れる心臓をどうすることもできないまま、ウォルドの手がリーゼロッテの頭から頬へ移る。大きな手のひらに包み込まれた頬が瞬時に赤くなったのを、彼に気づかれてしまっただろうか。

「……顔が赤い。熱でも出たか？」

ああ、やはり伝わってしまった。

リーゼロッテが慌てて顔を上げると、ウォルドの顔が近づいてくる。息を呑んで目をつむった瞬間、こつりと額がつけあわされた。

「ん、熱はないみたいだ」

どうやら、熱を測ってくれたらしい。なんて優しい人なのだろう。

リーゼロッテが恐る恐る目を開けて、目の前にいるウォルドの美しい顔を見た。

「……熱は……、ありません」

ウォルドの目が閉じられているとはいえ、今にも吐息が触れそうな距離になるのは初めてだ。緊張が加速して、心臓が壊れそうになるほど高鳴る。

「うん、知ってる」

え。——と、言うよりも先に、ウォルドの碧《あお》い瞳が現れた。

いたずらを思いついた少年、というにはあまりにも艶《つや》やかな大人の色気をまとったウォルドが、もう片方の手で頬を覆った。

「こうして、あなたに触れる口実が欲しかっただけだから」

囁《ささや》くような低い声が甘く響き、吐息が唇に触れる。

「んッ」

ちゅ、と唇に軽く触れるやわらかな感触に、それが一瞬なんなのかわからなかった。

リーゼロッテが驚きで目を瞠った瞬間、彼はかすかに口を開けて再び少女の唇に触れた——、否、味わうように食《は》んだ。

はむ。今度はやわらかな唇に触れられているのがわかり、頭の中でそれがくちづけだということを理解する。途端に心臓が大きく高鳴り、頭の中が白く染まっていく。

「あ、んんッ」

戸惑う少女に「黙って」と言うように、彼はくちづけを繰り返した。

「ぁ、んぅ、んん、んむぅ」

下唇を食んだり、舌先でくすぐってみたり。徐々に唇から緊張が抜け、やわらかな快感に包まれていくと、彼にベッドへ押し倒されていた。

ウォルドはリーゼロッテの美しいハニーブロンドをひと束手にすると、唇を近づける。

「慣例とはいえ、触れる許可が欲しいのだが」

囁くように言ってから、そこへ忠誠でも誓うようにくちづけた。髪に神経は通っていないはずなのに、なぜか心に甘い気持ちが沸き起こる。

「…………陛下の、御心《おこころ》のままに」

「寝室《ここ》では、名前でいい」

「しかし」

「なーに、誰も聞いてやしないよ。咎《とが》める者はいない。それともあれかな、俺の名前を覚えていないとか……？」

からかい気味に言いながら、ウォルドはリーゼロッテの髪を手放し、無防備な彼女の唇をなぞる。言ってもいい、と許可を出すように、ゆっくりと。

リーゼロッテは逡巡してから、彼の名前を紡いだ。

「……ウォルドさま」

「ん、いい子だね。――リーゼロッテ」

甘く、蠱惑的《こわくてき》な声で名を呼ばれ、ぞくぞくとした感覚が腰骨の辺りから上がってくる。ドキドキと緊張を露わにするリーゼロッテを見下ろし、ウォルドは彼女の唇をぺろりと舐《な》めた。

「大丈夫、今夜は味見だけに留《とど》めるから」

彼の碧い瞳が欲望に揺れたかと思うと、近くにある燭台の火が消えた。

訪れた暗闇の中、無垢《むく》な少女の肌に男の甘い愛撫《あいぶ》が刻みこまれていく。

幸せでどうにかなってしまいそうなリーゼロッテは、意識が飛びそうになりながらも、何が現実で何が夢なのかわからなくなっていった。

昔から、それこそウォルドが国王に即位する前から、彼の事は遠目に見ていた。

最初は〝父がお世話になっている王家の人〟程度の興味だった。が、その姿を目にするたび、心が彼へ引き寄せられる感覚になる。気づくと、よくわからない感情に押しつぶされそうになっていた。

この気持ちはなんだろう。

考えてもしょうがないとは思っていても、ウォルドの姿を目に留めるたびに考えてしまう。やがて彼の姿を目で探しては、自分から苦しみを求めるようになっていった。

そんなリーゼロッテの気持ちを、いち早く気づかせたのは他でもない姉だった。

『まるで、恋でもしているみたいね』

無邪気な姉のひと言によって、その感情に名前がついた。と、同時に罪悪感が押し寄せる。

彼の婚約者である姉から指摘された感情は、持ってはいけないものだ。いけない感情を持ってしまった自分にも腹立たしく、それ以上に姉に申し訳がなかった。

好きになってはいけない。

そう心に戒め、リーゼロッテはウォルドへの想いを隠すために、王家主催の舞踏会にも顔を出さないようにしていた。あのときは顔が見られない仮面舞踏会だったからこそ、姉のお目付け役を引き受けたが、そうでなければいくら父の頼みでも断っていただろう。

それなのに――こんなことになるなんて。

「――随分と余裕がありそうだが、何を考えているのかな」

舌を解放された瞬間、顔を上げたウォルドに見下ろされた。

(……ああ、夢じゃ……ない)

唇に残るやわらかな感触も、肌に灯された熱も、すべて現実。

彼に触れられるたび、頭の中が痺《しび》れてどこもかしこも甘い。実際は甘いわけではないのだろうが、雰囲気も吐息もこの天蓋の中が、ひどく甘く感じた。

「……リーゼロッテ?」

「わた、し」

「ん?」

「……陛下に、ご挨拶を……していなかった、な……って」

どこか舌っ足らずに聞こえるのは、先程まで彼に舌をしゃぶられていたからだろうか。

思ったよりはっきり話せないリーゼロッテに、ウォルドはまばたきを繰り返した。

「……挨拶?」

「ウォルドさまは、国王陛下なので……礼を欠いてはいけない……と、わかっていたのに、私、緊張して、自分の名前も言えませんでした。ごめんなさい」

「それは、まぁ構わないが……」

「……よかった」

ほっとしたと言わんばかりに口元を綻ばせたリーゼロッテを見下ろし、ウォルドは苦笑する。

「そんなとろけた顔でかわいいことを言われたら、触れるのを我慢できなかった俺がケダモノのようだ」

「……え？」

「なんでもない」

ウォルドはリーゼロッテの額を撫でてから、彼女の身体ともども起き上がると、彼女を抱えてベッドの端からうまい具合に中央へ移動した。それからすっかり動けなくなっているリーゼロッテの隣に寝そべり、ウォルドは彼女の首の下に腕を回して腕枕をする。

目の前には、ウォルドの穏やかな微笑みがあった。

「……今更すぎて恥ずかしいが、ウォルド・メレディスだ。この国の王をしている。歳《とし》は二十八。……んー、そうだな、あとはまぁ、気になったときにでも聞いてくれればいい」

「……」

「挨拶もせずにあんなことをした俺のほうが、礼を欠いていた。無粋な行為をして、申し訳ない」

言いながら、ウォルドがリーゼロッテの髪をひと房手にする。

「できれば、許してほしい」

許しを請うように、彼はそこへ唇を押し付けた。そこに神経が通っていないのはわかっているのに、なぜかドキドキする。胸の鼓動が高鳴り、息苦しさを訴えてきた。

「……ゆ、許すも何も、……私は、ウォルドさまから触れる許可を求められ、それに応じました。その時点で、ウォルドさまは私のことを好きにしていいのです。謝ることはありません。……それに」

「ん？」

「ウォルドさまの手や唇に、私はとろけてしまいそうでした。あまりにも気持ちよすぎて……すぐ、意識を失いそうになるほど。……私にとっては、甘い行為でした」

「……」

「ですから、ウォルドさまの好きなように触れてください。私は、それが嬉しいです。あ、それから申し遅れました。私は、リーゼロッテ・ランバートです。……こ、このような体勢での挨拶となり、申し訳ございません」

「構わん。それを言ったら、俺も同じだ」

ウォルドはリーゼロッテの髪を放し、その手で頬を覆ってきた。

「ここでは、自分の身分を忘れてくれていい。ただの男と女でいたいんだ」

そう言って、指先で頬をくすぐる。

「ね、リーゼロッテ」

魅力的な低い声で優しく名を呼ばれ、唇を親指の腹でなぞられるだけで、思考がとろける。

甘い気持ちで胸がいっぱいになってくると、ウォルドは妖艶に微笑んだ。

「ああ、いい顔になった」

「え？」

「俺のことしか考えていないって、顔だ」

ウォルドは褒めるように言い、リーゼロッテの首の後ろへ手を回して頭を引き寄せた。

「ん、ぅ」

再び唇を塞がれ、声が鼻から抜ける。

やわらかな彼の唇が、リーゼロッテの唇を食んだ。何度もついばみ、唇から力が抜けたのを確認すると、そこを舐めあげて——舌を割り込ませてくる。

「んむ、んんッ」

ぬるりと入ってきた彼の舌で、口の中がすぐにいっぱいになった。

彼の舌が触れ合うところから甘さがにじみ、こすり合わせると、ぴりっとした痺れが生まれる。気持ちいい。じゅるじゅると舌をしごかれ、彼の口の中へ誘い込まれた直後、くちづけが深くなった。

「んんぅ、ん、んむ、んん、ん、っはぁ、ぁむ」

呼吸をしようと微かに唇を離しても、彼の唇は追いかけてくる。

さらにくちづけが深くなる感覚が、どうしようもなく愛おしかった。絡みついた彼の舌にじゆるじゅると吸われ、味わわれる。頭の奥はすでにとろけて、何も考えられなくなっていた。

「……ん、ぅ、ウォルド……さま、んッ」

「ん？」

「……唇から……、とけてしまいそう……です」

「そうだな。気持ちいいな？」

これが〝快楽〟だ。

そう教え込むような優しい声に、リーゼロッテは素直に頷いた。

快楽《キモチイイ》で、頭の中がいっぱいになっていく。理性を押しのけた欲望が「もっとほしい」と囁いた。すると、彼の手がリーゼロッテの首の後ろから、首筋、鎖骨を伝い、ゆっくりと下りてくる。

肌を撫でていく手のぬくもりを受け入れ、与えられるくちづけに耽《ふけ》っていたせいか、彼の指先が尖《とが》り始めた突起を弾《はじ》くまで、リーゼロッテの胸を覆っていたことには気づけなかった。

「んんぅッ⁉」

胸の先端から甘い刺激が走り、身体が揺れる。

彼の指先はその反応を見て、リーゼロッテの胸を揉《も》み上げた。

「んッ」

夜着越しに、彼の手のひらのぬくもりが伝わってくる。彼の愛撫に反応するように、胸の先端は夜着を押し上げるほど、はしたなく尖っていた。それに気づかないでほしいと思う間もなく、彼は指の間に乳首を挟むようにしてふくらみを揉み上げる。

「あ、んんッ」

下から上へ揉み上げられるたび、指の間で突起が挟まれ、お腹《なか》のあたりが疼《うず》く。腰骨の辺りからぞくぞくとした感覚が肌を這《は》い上がり、身体が小刻みに震えた。

「ん、んんッ……は、ぁ、……ウォルド……さ、ッぁああん」

きゅ、とすっかり勃ちあがった胸の先端をつままれてしまい、途中から嬌声《きょうせい》へ変わる。

「ああ、かわいい声だ。……もっと聞かせてくれるかな、聞きたい」

ウォルドの低い声がまとわりついたかと思うと、再び乳首をつまみ上げられる。

「やぁ……ッ、あ、あんッ、ん、あぁ……ッ」

言葉にならない。

彼から与えられる愛撫によって勃ち上がった乳首が、もっと触ってと言うように硬くなった。ウォルドもそれに気づいているのだろうか。きゅむきゅむ、と緩急をつけて何度もそこをつまんだ。甘い痺れが全身に走り、快楽に包まれる。

「あ、あ、あッ」

「そんなに、ここをつまれるのが好きか」

「んんッ、わかん、な……ッあ」

「では覚えようか」

「え？　あ、あ、やッ」

「ここがとても気持ちいいってことを」

喘《あえ》ぐリーゼロッテの表情を見ながら、ウォルドの指先はつまんだそれを軽く引っ張った。

「ぁあああッ、だめ、だめ、引っ張っちゃ……ッ」

お腹の奥がきゅんとしてしょうがない。

自分の身体が、まるで自分のものではないかのように、ウォルドの愛撫で好きにされる。身体を弓なりにして、はしたない声をあげて、恥ずかしい。――恥ずかしいはずなのに、ウォルドの愛撫を受け入れれば受け入れるほど、その羞恥は快楽に沈んでいった。

甘い刺激と痺れに何度も身体を震わせ、リーゼロッテの声はどんどん甘くなっていく。

「あ、あぁッ」

「リーゼロッテ」

「んん」

「リーゼロッテ」

自分のはしたない声に混ざって、ウォルドの声が甘やかすように名前を呼ぶ。すっかり硬くなった胸の先端が、じんじんと甘い痺れを訴えてきた。

気持ちよすぎて、どうにかなりそうになる。

「あぁ、ウォルドさま……ッ、ウォルドさまッ」

　身体を小刻みに揺らしている間に、仰向けにさせられていたようで、目を開けた先に彼がいた。リーゼロッテを見下ろすウォルドは、嬉しそうに口元を綻ばせ、ゆっくりと首筋に顔を埋めてきた。

「んんッ」

　ぺろり。首筋を舐められ、肌がざわつく。

　一瞬、くすぐったいと思って首をすくめたのだが、肌を吸われて力が抜ける。舌先でくすぐられると、ぞくぞくした何かが腰骨の辺りから這い上がってきた。身体を揺らして何かに耐えるリーゼロッテに構うことなく、ウォルドは肌にくちづけながら鎖骨へと移動する。

　やわらかな唇が肌を吸う音と、微かに聞こえる吐息が甘い。

「ん、んぅ」

　ウォルドに食べられているような感覚になりながら、リーゼロッテが彼の愛撫に身を任せた瞬間、夜着の胸元に手がかけられたと思ったら、それを引き下ろされてしまった。

「ひゃぁッ」

　まろびでたふたつのふくらみが、ゆっくりと顔を上げたウォルドの視線にさらされる。

　やわらかいそれは、リーゼロッテが赤面して身じろぐたび、ふるふると震えた。頬が一気に熱くなったリーゼロッテは、あまりの恥ずかしさに両手で顔を覆った。

「……どうした?」

「ウォルドさまの顔を、見たくないのです」

「………こういうことをする俺は、嫌いか?」

「ち、違います!」

リーゼロッテは慌てて覆っていた顔を退けて、縋《すが》るようにウォルドを見た。

「その、……私の身体が……お姉さまよりも貧相だから……、それを見てがっかりしたウォルドさまの顔を見たくないという意味で……。決して、ウォルドさまにされるのが嫌だというわけではありません……ッ」

姉の裸ならまだしも、自分の裸など、見ても楽しくはないだろう。

リーゼロッテでさえも、ドレスを着ていてもなお豊満なロゼリアの身体に憧れを抱くのだ。ウォルドも、そう思うに違いない。——そう、思っていた。

しかし、彼はリーゼロッテの左手を恭しく取ると、その手のひらに唇を押し付ける。

「あまりそう、自分を姉の添え物みたいに言うな」

切なげに眉根を寄せ、困ったように微笑む。

「……俺は、リーゼロッテに触れたいのだ」

どうしよう。

もう、胸がいっぱいで言葉が出てこない。

愛しさが胸を締め付け、わけもなく涙が溢《あふ》れる。ほろほろと眦《まなじり》から流れ落ちていく涙に苦笑を浮かべ、ウォルドは誓うようにリーゼロッテの手の甲へくちづけた。彼女を見ながら、ウォルドは手の甲から再び手のひらへ唇を押し付け、手首、腕へと順にくちづけていく。肌に触れる優しい唇のぬくもりとやわらかさに、錯覚させられる。

――愛されている、と。

「んんッ」

慈しむような彼のくちづけが、リーゼロッテのすべてを愛すように肌へ触れる。もう、それだけでいい。ウォルドのくちづけと優しい空気に包まれて、リーゼロッテは彼の愛撫を受け入れた。その唇が鎖骨を辿《たど》り、とうとうふくらみに達する。

「……やわらかそうで、触れたら溶けてしまいそうだな」

ウォルドにうっとりとした声で言われると、リーゼロッテも納得してしまいそうになる。胸からリーゼロッテへ視線を移したウォルドは、安心させるように微笑んだ。

「綺麗だ」

そう言って、双眸《そうぼう》を閉じる。

何をするのだろうかと不思議に思っているリーゼロッテの前で、彼は恭しくほんの少し勃ちあがった胸の先端にくちづけた。

それも軽く、羽が触れるように、忠誠を誓う騎士のように、神に祈りを捧げるように。

慈しみ、愛されるような錯覚を覚えるくちづけをされ、溢れる涙が止まらない。ウォルドの碧い瞳が開かれるときには、視界がぼやけて見えなかった。

だから、彼が口を開けてぷっくりとした先端を咥《くわ》えたのが、わからなかった。

「ん、ッやぁああ、あ、あぁッ」

指先でいじられてるだけでも気持ちよかったのに、口の中に誘い込まれてしゃぶられると、もうだめだ。すぐに身体はベッドへ沈み込み、腰が浮く。ねっとりと絡みつく舌にしごくように吸い上げられただけで、そこはぴんと硬くなった。

「あ、あ、あぁッ、んんッ」

じゅるじゅると音を立ててしゃぶりつかれ、舌先で転がすように乳首をなぶられる。すっかり硬くなったそこに与えられる愛撫が、甘い痺れとなって身体中を巡った。

「やぁ、あ、あ……ッ」

いやらしい舌使いに翻弄され、確かに快感が刻み込まれる。肌が熱くてしょうがなかった。何かが内から這《は》い出《で》るような感覚が恐ろしくて、リーゼロッテは堪えるようにリネンを掴んだ。やがて、ちゅるるる、と吸い上げられた乳首が、ようやく解放される。

「……っはぁ……、はぁ。……ウォルド……さま」

呼吸を整えようと見上げた先で、彼は恍惚《こうこつ》とした表情で濡《ぬ》れた唇を舐めた。

「……困ったな」

「？」

「俺のものだという印をつけたいのに、それができないというのは」

どういう意味だろう。

彼の言っている意味を理解しようとしても、快楽に侵された思考では何も考えられない。ぼんやりしているリーゼロッテに微笑み、ウォルドは再びくちづけてくる。唇が触れるだけで、考え事は霧散した。何を考えていたのかも、何を考えようとしていたのかも、わからない。

わかるのは、彼の甘い唇だけ。

ウォルドしか感じられない感覚とでもいうのだろうか。唇ひとつで、すべてが彼に染まっていくのを感じていると、太ももに彼の手が触れる。その手は夜着とともにそこを撫《な》で上げて肌を露わにさせ、足の付根から無防備な秘所へ向かった。

「んぅッ⁉」

茂みを掻《か》き分け、彼の指は何も知らない無垢なそこへと近づいていく。

だめ、そんなところ。

頭の奥で理性が叫ぶのだが、ウォルドの舌が絡みつき、吸い上げられてしまい、その思考も霧散した。彼の指先はそっと割れ目を撫であげる。

「んんぅ」

ぬる、とした感触をそこに感じ、身体が揺れた。

「……ああ、こんなに濡らして……」

唇を微かに付け合わせたまま、恍惚とした声でウォルドが言う。恥ずかしさに頬を染めるリーゼロッテに、これは悪いことではないと伝えるように、彼が微笑んだ。

「リーゼロッテは、俺を喜ばせるのが上手だ」

「……ウォルド……さまが、喜ぶ……？」

「ああ。ここをたくさん濡らしているのがわかると、俺はとても嬉しいよ」

いけないことだとばかり思っていた思考が、彼のひと言で変わる。これはいい。いいことなのだと、身体が、心が覚えた。

「……うれしい」

ふふ、と自然に口元を綻ばせると、ウォルドが褒めるようにリーゼロッテの唇を舐める。

「んんッ」

「もっと濡らしてもいいかな」

「……ウォルドさまが、喜ぶのでしたら」

「ありがとう。では、俺もリーゼロッテの喜ぶことをしてあげよう」

「え？」

「舌を出してごらん」

言われるままに舌を差し出すと、ウォルドがそれを食んだ。

「んんッ」

ちゅくちゅくと乳首をしゃぶるような舌使いで、絡みついてくる。

擦り合うところから甘さがにじみ、唇がとけてしまいそうになった。リーゼロッテが彼とのくちづけに耽っている間、ウォルドの指は割れ目を上下に何度もこすっていた。

「ん、んぅ、ん、ん、ふ」

最初は違和感しかなかったぬるついた感覚が、少しずつ気持ちよくなってくる。

彼の指先がそこを撫で、茂みの奥に隠れている花芽を見つけ出すと、奥からさらに蜜が溢れた。淫靡《いんび》な水音が天蓋の中で響いても、それがくちづけのものか、ウォルドが秘所をいじっている音なのかすら、わからなかった。

満ちていく水音、絡まる吐息、甘い声、汗ばんだ肌、孕《はら》む熱。

彼の愛撫によって、自分の身体が少しずつ変わっていく。変えさせられていく。

やがて、身体にまとわりつくような快感に、肌の奥に蓄積された熱が呼応する。それはリーゼロッテから何かを引きずり出すように、蠢《うごめ》いていた。

「あの、んん、……ウォルドさま……ッ」

言葉を紡ぐたびに、彼の唇が追いかけてきては、リーゼロッテにくちづけをする。ちゅ、というその音がかわいくて、いやらしいことをしている実感を鈍らせた。リーゼロッテがウォルドに、漠然とした不安を口にするよりも先に、彼は「わかっているよ」と言うように微笑む。

「ずっとこのままでもいいのだが、さすがにそろそろ身体が辛くなるころだからな」

「え？」

「少し、本気を出す」

言いながらリーゼロッテの唇を強引に塞いだウォルドが、激しく舌を絡めてきた。

「んんぅ、んッ、ん、ぁあん」

息もできないぐらい、口の中を彼の舌でいっぱいにさせられる。すると、よしよしと親指の腹で撫でさすっていた花芽を、少し強くつままれた。

「んんんんぅッ」

腰が跳ね、目の前がちかちかする。

何が起きたのかわからないでいるリーゼロッテに、ウォルドの愛撫は止まらない。今度はリーゼロッテの花芽を親指の腹でぐりぐりと押しつぶし、舌を思い切り吸い上げる。

「ん、んぅ、んんんんッ」

軽く頭の奥が弾けた。

くったりとベッドに身体を沈み込ませたリーゼロッテを見下ろし、ウォルドの指が割れ目から少しずつナカへ入ってくる。

「あ、あ、や、……入っちゃ……入っちゃいます……ッ」

「入れてるから、それでいいんだよ」

「だめぇ、そんなところ……ッ」

涙ながらに訴えるリーゼロッテの目元にくちづけ、その涙を舐めとったウォルドが安心させるように続けた。

「だめじゃない。……ほら、俺の指先がナカを撫でるのがわかるか？」

入り口を撫でる指の腹の感触が、ナカからしっかり伝わり、肌がざわつく。初めてのことで言葉にならず、リーゼロッテはウォルドへしがみつき、うんうんと頷いた。

「こうするだけで、ここは俺の指を締めつけてくる。……ああ、ほら、俺の声を聞くだけでも、こんなにしがみついてくるんだ。……リーゼロッテは、こんなにかわいいところを、俺に隠すというのか？」

「……かわいい……？」

「ああ。……俺はただ、ここをかわいがりたいだけだ」

ウォルドに甘い声でねだられたりしたら、断ることなどできない。

リーゼロッテは彼のシャツをぎゅっと掴み、傍らにあるウォルドの胸元へ顔を埋める。それを返事とみなしたのか、彼の指は蜜をまとわりつかせてさらに奥を目指した。

「んんッ」

たとえそれがウォルドの指であっても、違和感しかなかった。

肉壁を撫でていくように入ってきた彼の指に、腰骨の辺りから力が抜ける。

「いい子だ。……もう奥まで入った。……うん、そんなに締めつけてきて、実にかわいい」

褒めるように、リーゼロッテの頭へくちづけたウォルドの声は、機嫌がいい。初めての感覚――異物の違和感から、微かに力が入っていたのだろう。それがふっと緩んだ気がした。

「今度は、かわいい顔を見せてくれるかな」

すると、ナカに入っていた指が肉壁をなぞりながら引き抜かれ――再び入ってくる。

「あ、ぁあッ」

彼の指が、ゆるゆると抽挿を始める。溢れる蜜のせいで、ぐちゅぐちゅと淫靡な水音が立ち、こすられる感覚が甘くなっていくのがわかった。

「……リーゼロッテ、リーゼロッテ？」

「ん、んぅ、んんッ」

「こっちだよ」

「……ん、あ、ぁあッ」

「リーゼロッテ、ほら、こっち」

俺を見ろ。

言葉の裏に隠れている命令に導かれるように、リーゼロッテは顔を上げた。声を上げ、羞恥などどこかに置き忘れたように、瞳を潤ませてウォルドを見る。

「ああ、いい顔だね。そのまま、俺を見ているんだよ」

まとわりつく彼の声に、抗《あらが》うことなどできない。

リーゼロッテはウォルドの美しい顔を見ながら、与えられる愛撫に素直に声をあげた。ナカに入っている抽挿は少しずつ速くなっていき、リーゼロッテの快感を大きくさせる。後ろから何かがやってくる。怖い。彼のシャツを握りしめる手の力が強くなるとともに、水音が大きくなっていった。

「ウォルドさま、私、……私……ッ」

変になってしまいそうだ。

訴える気持ちはあっても、それが言葉にならない。すがるようにウォルドを見つめ、やってくる何かを堪えていると、彼の指が今度はナカを掻き回す。

「ッあぁ、あ、あぁ、激し……ッ」

ぐちゃぐちゃに掻き回す指の動きに、いやらしい水音が満ちていく。

もうだめだ。何がなんだかわからない。わけがわからなくなっていく思考で、助けを求めるようにウォルドを見ると、彼の唇に塞がれる。

それは、強引に何かを引きずり出すような、くちづけだった。

「んんむぅ、ん、ん、ん、ん、ん——ッ‼」

ぐっとナカへ強く指を突き立てられた直後、腰が大きく跳ねて頭の奥が白くなる。

がくがくと大きく身体が震え、力なくベッドへ沈み込んだ。跳ねる身体が落ちつくまで、ウォルドは何度も何度もくちづけてくれる。ひくひくと小刻みに揺れる身体には、まだ快感が残っているようで、彼の指が引き抜かれた瞬間も腰が浮いた。

「んッ」

唇を離したウォルドは、乱れた呼吸を整えようとするリーゼロッテを見下ろし、濡れた人差し指と中指を舐めとった。それが己の蜜であることなど露知らず、リーゼロッテはただ恍惚とした表情をする彼を見つめていた。

「甘いな」

「……ウォルド……さま……」

「リーゼロッテは、どこもかしこも甘くてたまらない」

嬉しそうに微笑むウォルドが、呆《ほう》けるリーゼロッテの服を整え、腕の中に抱きこめる。まるで、誰にもやらん、とでも言うように足を絡めてきた。

ブランケットをかけて、宝物を腕にするかのように抱きしめられると、とろりとした睡魔が押し寄せる。ウォルドの腕の中があたたかくて、優しくて、安心を与えてくれた。

「……ウォルドさま」

「ん？」

「ウォルドさま……」

「ああ」

「……ウォルド……さ……ま」

言葉を紡ぐよりも、何よりも、彼の名前を呼びたかった。

リーゼロッテは、彼の胸元に顔を埋め、何度も何度も名前を呼ぶ。

（……ずっと、呼びたかったの）

初めて会ったときからずっと、彼の名前を呼びたかった。――リーゼロッテとして。

第二章　白昼の夢《しあわせ》

『リーゼロッテ』

耳の奥に、未だに残っているウォルドの声が蘇《よみがえ》り、リーゼロッテは目を開けた。

目の前にある天蓋を見上げて、まばたきを繰り返す。しばらくぼんやりしてからごろりと転がり、ようやくここが夢ではなく現実だということに気がついた。

(信じられない)

はぁ、と大きく息を吐き出し、リーゼロッテは恥ずかしさのあまり両手で自分の顔を覆った。

(………夢にまでウォルドさまを見るとか、もう……!)

昨夜のぬくもりや息遣い、頬に触れた手の感触、唇のやわらかさ。

どれをとっても、昨夜のままのウォルドだった。

昨夜一緒に過ごした記憶とともに、大きなウォルドの手の感触を思い出す。ぞくっとした感覚をきっかけに、肌に刻み込まれた快感が蘇りそうになり、リーゼロッテは次の瞬間、ベッドの上で左右にごろごろ転がった。

これ以上思い出してはいけない。

そう戒めても、火照り始めた肌は昨夜刻み込まれた快感を辿るように熱くなる。夢にまで見たウォルドとの一夜を、思い出すなというほうが無理なのかもしれない。

幸せの余韻が連れてくる甘い気持ちを、リーゼロッテはどうすることもできなかった。

「……はー、もう、どうしよう」

まだ朝だというのに、彼と過ごす夜を待ちわびている自分がいる。そんなはしたない自分に、ため息が出た。

そこへ、ノックの音が寝室に響く。

「リーゼロッテさま、そろそろお目覚めの時間ですよー」

そろり、中に入ってきたのは髪をふたつ結びにしている侍女のキャシーだ。

リーゼロッテは上半身を起こして、彼女へ挨拶をする。

「おはよう、キャシー」

「おはようございます、リーゼロッテさま」

花が咲き綻ぶような微笑みにつられ、リーゼロッテも笑顔になった。

それからキャシーに手伝ってもらいながら身支度をすませ、食堂へ向かう。その場にウォルドはいなかったが、目の前に並べられた朝食をおいしくいただいた。

輝かんばかりのスクランブルエッグは、とろとろふわふわで口の中に入れた瞬間、ほっとする甘さが広がった。焼き立てのパンもまたほどよく甘い。今朝、ウォルドの夢を見たせいか、さすがに胸がいっぱいでジャムはつけられなかった。

「リーゼロッテさま、ちょうどいいところに」

少し甘めのおいしい食事にお腹が満たされたころ、食堂へ宰相のエリアスがやってくる。

カツン。靴音を立てながら入ってきたエリアスが、長い銀の髪を揺らして立ち止まった。リーゼロッテは手にしたティーカップをソーサーへ置くと、エリアスを見上げる。

「今、お時間よろしいでしょうか？」

「はい」

「リーゼロッテさまにおきましては、これから執務室へ行っていただきます」

「……執務室……ですか？」

「はい。実は今夜にでもバルフォア家のご令嬢が王城へ到着することになり、今夜のお相手はリーゼロッテさまではなくなりました。昨日、婚約者候補のおふたりには、交互に陛下と夜を過ごす、ということに決まりましたので、夜の担当がないときは、昼間に陛下との時間をとるようにいたしました。本日はリーゼロッテさまに、その役目を担っていただきます」

「わかりました」

しかし、いいのだろうか。

執務室というのは、ウォルドが国務をする部屋のはず。実際に何をするのかは知らないが、国にとって重要かつ大事な話をするだろうことは、想像に難くない。

　そこで、自分のできることなどあるのだろうか。

　逆に、邪魔になったらどうしようという気持ちにさえなる。

「ご安心ください」

　リーゼロッテの不安を、表情と雰囲気から察したのか、エリアスが微笑む。

「難しいことではありません。今、侍女がお茶の準備をしておりますので、それができ次第、ワゴンと一緒に執務室へ向かうだけでいいのです。その後は、陛下と一緒に執務室で過ごしてくだされば、問題ありません」

　つまり、ウォルドと一緒にお茶を飲む、ということなのだろうか。

「……それだけ、ですか？」

「ええ」

　エリアスの言葉に安堵しつつ、リーゼロッテは首肯する。

「では、私は先に行っております。場所がわからなかったら、誰かに聞いてくださいね」

「はい、ありがとうございます」

　エリアスは会釈をして食堂から出て行った。

　リーゼロッテはせっかくだから、と近くで控えていたキャシーに視線を向け、椅子から立ち上がる。

「リーゼロッテさま？」

「せっかくだから、私もお茶の準備を手伝うわ」

「かしこまりました。では、私はいくつか茶葉を用意いたします」

リーゼロッテに微笑んだキャシーがその場を離れ、自分もできることをしようと行動するのだが、お茶の用意がすでに終わっていたらしく、キッチンからワゴンとともに侍女が現れる。

侍女に礼を言い、リーゼロッテがワゴンを押して食堂から出ると、キャシーが茶葉を保管している銀のティー・キャディを抱えて戻ってきた。

「間に合いましたね……！」

「ふふ。ありがとう、キャシー」

にっこり微笑むキャシーから、凝った装飾のティー・キャディを受け取り、リーゼロッテはウォルドとエリアスの待つ執務室へ向かった。

（……よし）

執務室の前で緊張とともに息を吐き、ドアをノックする。

「リーゼロッテです」

「どうぞ」

エリアスの許可を得てから、リーゼロッテはドアを開けた。

「失礼致します」

鼻先をかすめるインクと紙の匂いに、どこか懐かしい気持ちになる。ランバート邸にある図書室《ライブラリ》の香りに、似ているからかもしれない。

リーゼロッテは壁一面の棚にぎっしりと敷き詰められた本を横目に、ワゴンを押して中に入る。執務机で羽根ペンを片手に顔を上げたウォルドが、リーゼロッテを捉えてから、机の前で書類を差し出すエリアスへ視線を移した。

「……どういうことだ」

「休憩をとっていただきたく、ご用意しました」

「彼女をモノみたいに言うのはやめろ、エリアス」

「これは失礼を。……しかしながら、ご用意したのは紅茶の意味だったのですがね？」

「んんッ」

「ふふ。その声を聞くのは、久しぶりです」

「……エリアス」

エリアスとウォルドのやりとりが、まるでじゃれ合う仔犬のようで、リーゼロッテは思わず口元を綻ばせる。執務机の前で足を止めたリーゼロッテは、ウォルドを見た。

「陛下。紅茶をお持ちしました」

「ありがとう、リーゼロッテ。……昨夜はよく眠れた？」

心配そうに声をかけられた瞬間、昨夜の記憶が甦《よみがえ》る。自分の上でいやらしくも、野性的だったウォルドの声と姿が目の前の彼と一致し、頬が熱くなった。言われるまで気づかなかったが、昨夜一夜を明かした相手と今初めて顔を合わせていることになる。

リーゼロッテは羞恥を押し殺して、微笑んだ。

「は、はい。ぐっすりでした」

「……そうか」

ウォルドの優しい気遣いに、心があたたかくなっていく。

心臓の高鳴りも、昨日より「好き」だと叫んでしょうがない。

「ありがとうございます。あ、その、今、紅茶をご用意いたしますね……！」

あたためたカップを覆っていた布をとってカップをふたつ裏返しにし、いつもロゼリアへお茶を淹れるときのように、優しい気持ちでティーポットの紅茶を注ぐ。

(陛下が、少しでも安らげますように)

鼻先をかすめる香りに、リーゼロッテも紅茶が飲みたくなった。

「――お待たせしました」

角砂糖をティースプーンに添えてから、執務机へ置く。

「ありがとう、いただくよ」

「はい。あ、エリアスさまの分はどちらに……」

「おや、私の分も？」

「あ、もしかして余計なことを……！」

「ああ、いや、そういうわけではありませんよ。誰かに紅茶を淹れてもらうというのが、あまりなかったもので、少し驚いただけです。せっかくリーゼロッテさまが淹れてくださったのですから、私もいただきます」

よかった。

ほっと安堵するリーゼロッテに微笑み、エリアスが近づく。

「ソファまでお持ちしますね」

「いえ、そこまでしていただくわけには。……何より、リーゼロッテさまが私を構うと、誰かさんの機嫌が悪くなりそうな気がして」

「こら、エリアス。聞こえているぞ」

「おや、その誰かさんというのは陛下のことでしたか」

「………おまえというやつは、本当に黙らない男だな」

「たまにはいいではないですか、たまには」

ふふ、と笑いながらリーゼロッテの手からソーサーを受け取り、エリアスは執務机のそばにあるソファセットへすたすたと歩いていく。それをきょとんと眺めていたリーゼロッテに、ウォルドが声をかける。

「あいつのことは気にしないでいい」

振り返ったリーゼロッテに、ウォルドが紅茶をひと口飲んで微笑む。

「ん、おいしい」

「光栄です」

「しかし、残念なのは……」

「は、はい」

「ロゼリア嬢が言っていた、リーゼロッテ特製ブレンドティーではないことかな」

「…………え？」

「俺の舌が正しければ、これはいつも飲んでいる紅茶だ。リーゼロッテが運んできてくれたから、てっきり特製ブレンドティーが飲めるものだと思っていたよ」

「あ、ああああ、これは、その、エリアスさまがすでに紅茶の準備を頼んでいらっしゃってましたので、私が淹れるとその方のお仕事を取り上げるような気がして、ですから……！」

頬を染め、必死になって事情を説明するリーゼロッテをきょとんとした顔で見ていたウォルドが、ティーカップをソーサーへ置いた。

「ふ」

「え？」

「ふ、ふふ、く、あはは……ッ」

「へ、陛下……？」

「あー、いや、笑って申し訳ない。必死なリーゼロッテがあまりにもかわいくてな。……が、ふ、はは、……そうかそうか。リーゼロッテはこの紅茶を淹れた侍女のことを慮《おもんぱか》っていたのだな。そうとは知らず、わがままを言った。すまない」

「そんなことは……」

「ロゼリア嬢から、リーゼロッテの特製ブレンドティーの話……、いや、あれは自慢だな。それを聞かされていたせいか、いつか飲みたいと思っていたんだ」

なぜ、ウォルドが特製ブレンドティーを知っているのか不思議に思ったのだが、疑問はすぐに解けた。残念そうに苦笑するウォルドを見ると、胸がちくちく痛みだす。

（……お姉さまが、私の話をするなんて珍しい）

他人、それも数回しか顔を合わせていない人間に、ロゼリアはそう簡単に心を開かない。ある一定の距離を保ち、相手の動向を探りながら人間関係を築いていく。振り回すのも、相手の気持ちを測る一種の手段だ。そこで自分から離れていく者を、彼女は追わない。その態度がまたいい、と人が集まってくるのが、ロゼリアの持つ魅力だった。

他人ではなく、まずは自分に興味を持ってほしい。

それが、ロゼリアだった。

そんな彼女が、たった数回しか会ったことのないウォルドに、身内の、それも妹《リーゼロッテ》の話をするとは、思えない。

それほど、ウォルドには心を許しているのだろうか。

（なら、どうして陛下との縁談を断ったのかしら……）

新たな疑問が浮かびかけたが、ウォルドがカップをソーサーへ置くかすかな音で我に返る。

今、ここで考えこんでもしょうがないと、気持ちを切り替えた。

「あ、あの」

「ん？」

「茶葉なら用意してもらいましたので、後ほど、陛下さえよろしければブレンドしてお淹れいたします……よ？」

もしかしたら、ただのお世辞だったのかもしれない。

しかしそれでも、気を遣ってくれたウォルドの気持ちが嬉しかった。本当か嘘《うそ》かはわからないけれど、

「……いいのか？」

瞳をキラキラと輝かせるウォルドを見たら、どうやら本心だったらしい。

ウォルドの新たな表情を見られたことが新鮮で、思わず口が綻ぶ。

「はい。陛下に喜んでいただけるのなら、喜んで」

幸せそうに微笑むリーゼロッテに、ウォルドがかすかに目を瞠り、破顔する。

和やかな雰囲気が、執務室を、ことさらふたりを包むと、ウォルドの腹部からひょっこりと

白い塊が顔を出す。

きょとんとしたリーゼロッテの前で、それは大きくまんまるい蜂蜜色の瞳を細めて——、

「みゃぁ」

と、鳴いた。

「——ッ!?」

言葉にならないかわいさで、胸が一瞬にしていっぱいになる。

「こら、ミア。顔を出しても、おまえが食べるものはここにはないよ?」

ウォルドの膝に乗っているであろうミアと呼ばれる白く美しい猫は、後ろから喉元を撫でられ、気持ちよさそうにごろごろと喉を鳴らした。〝かわいい〟という言葉が脳内を埋め尽くしていくリーゼロッテに、ウォルドの声は届かない。

「リーゼ」

「……」

「リーゼロッテ」

ミアに視線が釘付《くぎづ》けになっていたリーゼロッテは、ウォルドの声にはっとして顔を上げる。

失礼なことをしてしまったのではないかと不安に思う彼女の前で、ウォルドはちょいちょいと手招きをした。

「おいで」

もしや、あの白くてかわいいもふもふを間近で見せてもらえるのだろうか。

一瞬、心が期待に沸き立ったが、相手は一国の王で、ここは執務室だ。そう簡単に彼の言葉に甘えていいのかわからず、戸惑う。その場からなかなか動かないリーゼロッテに、ウォルドは笑顔で続けた。

「いいから、おいで」

ウォルドの優しい甘い声に抗えるわけもなく、リーゼロッテは執務机の前から彼の隣へと移動する。椅子を回転させてくれたウォルドの膝の上では、ミアがちょこんと座って毛づくろいをしているところだった。

（か、……かわいい……ッ‼）

とんでもなくかわいい生き物を目の前にしている興奮と、この場にいられる幸せから、リーゼロッテは自分の母へ感謝する。お母さま、私を産んでくれてありがとう、そしてこの子も生まれてきてくれてありがとう――と。完全に、ミアのことしか考えられない。

（ふぁあああ……ッ）

気づいたら、目線を合わせるためにしゃがみこんでいた。

艶やかな毛並みは白くふわふわで、耳の先だけほんのり茶色い。

毛づくろいを終えたミアは、顔を上げてぱしぱしとしっぽでウォルドの膝を叩《たた》く。そのふさふさのしっぽもまた、耳の先と同じ色をしていた。そして極めつけは、リーゼロッテを見つめる蜂蜜色の愛らしい瞳だった。

「……ッ」

言葉にならない気持ちをどうすることもできず、胸の前で両手を組む。胸の中で渦巻く感動とも幸福とも言える感情をそのままに、ただただ組んだ手に力を入れた。

かわいい。

それ以外の言葉が、見つからない。

あまりのかわいさにその場から動けないでいると、膝の上でいい子に座っていたミアの小さな前足が上げられていく。もふもふなお腹がさらけ出され、そこへ顔を埋めたい衝動と必死に戦った。

「足、疲れない？」

はっとして顔を上げるリーゼロッテに、ミアの前足を持ち上げ、ばんざいの姿勢を取らせた張本人が楽しげに言う。

「だ、だ、大丈夫です！」

「そうか。しかし、無理はするなよ」

成されるがままに前足を掴まれていたミアは、どこ吹く風だ。ウォルドがゆっくりと前足を膝へ下ろした。

「……おとなしいんですね」

「猫を見るのは初めてか？」

「いいえ。港でよく日向《ひなた》ぼっこをしている子たちを見たりしますが、……こんなに間近で見たことはありません」

ウォルドは、くわ、と、あくびをしたミアの頭に手を置き、丸くなった背中を撫《な》で下ろす。ミアは撫でられるのがわかるのだろうか、立てていた耳を平らにさせてウォルドの手を迎えたあと、気持ちよさそうな顔をした。

「ミアさま、とおっしゃるのですか？」

「ああ。俺とエリアスが拾ったときに、みぁって鳴いたから、ミアって呼んでる」

「まぁ」

「――母猫と一緒に、城内へ迷い込んできたのですが、はぐれてしまったようで」

突然声が聞こえて顔を上げると、執務机の前で手にした書類を置いているエリアスがいた。どうやら、紅茶は飲み終えていたらしい。

「王位を継ぐちょっと前だったかな。ふるふる震えているミアを見つけて、エリアスと一緒に内緒で育てていたのが……、今でも続いている、みたいなものだ」

「私はもちろん反対しましたよ。当時、皇太子でいらっしゃったウォルドさまには、まだまだ勉強することは残っておりましたし、動物を飼うなどもってのほかだ、と。……しかし、ウォルドさまは私の言うことなど聞いてはくれませんでした」

「そうだね。その前に、俺が父上と母上を味方につけてしまったからね」

「ええ、もう本当。その頃から、謀《はかりごと》の才があったようで」

「何言ってるんだ。そういうのはエリアスのほうが得意だろ。俺は怒られてばかりだった」

仲のいいふたりの思い出話を聞きながら、当の本人《ミア》はまたひとつあくびをして彼の膝の上でぐるぐる回りながら丸くなった。ふぅ、とひと息つくミアの頭を、ウォルドの大きな手が優しく撫でる。

すっかり落ち着いたミアを見て、ウォルドの膝の上がよっぽど好きなのだと思ったリーゼロッテは、見上げた先で睦《むつ》まじいやりとりをしているウォルドとエリアスを見て顔を綻ばせた。

「……どうした？」

その視線に気づいたのか、ウォルドがエリアスからリーゼロッテへ視線を戻す。

「なんでもありません」

「そんな顔をしていると、よけいに聞き出したくなるな」

「え？」

「かわいい」

いきなり甘い声と微笑みで愛《め》でられ、リーゼロッテは息を呑んだ。

「先ほど、ミアを見ているときとは違う愛しさを視線に感じたんだが、気のせいだったか？」

なんでもお見通しだ。――とでも言うような微笑みを前にして、リーゼロッテは頬を熱くするばかりだった。

「え、と、あの……ッ」

しどろもどろになりながら言葉を探すリーゼロッテを見つめるウォルドは、楽しげだ。

なんて答えたらいいのか必死になって考えていると、膝の上で眠っていたミアが顔を上げる。

耳をぴくぴく動かし、ウォルドの膝からミアが下りた直後、執務室へノックの音が響いた。

「はい」

すぐにエリアスが対応し、リーゼロッテも立ち上がった。

先程まで微笑んでいたウォルドは、執務机へ向かって羽根ペンを握る。その横顔は真剣そのものだ。謁見の間で会ったときや、公務をしている最中の表情だった。

「みぁ」

澄んだ鈴の音のような高い声にはっとすると、ミアがリーゼロッテの足元にちょこんと座り、その蜂蜜色の瞳を向けてくる。

「ミアさま？」

「リーゼロッテ、よかったらミアにミルクをあげてくれないか」

「……いいのですか？」

「ああ、構わないよ。隅のソファでゆっくりしていてくれ」

「わかりました」

会釈をしたリーゼロッテに微笑んだあと、ウォルドは入ってきた大臣へ視線を移した。

ここから先は、リーゼロッテが耳にしてはいけない話だろう。

ランバート邸にいたときも、そうだった。父には懇意にしている貴族や六公爵が何人もおり、家族ぐるみで夕食を一緒にすることがよくある。夕食が終わったあと、団欒《だんらん》の時間やティータイムになると、母が姉と自分を連れて別室へ連れていくのだ。相手の家族がいるときは、その家族と一緒に。

あえて、ふたりだけで話ができるよう配慮していたのを、なんとなく肌で感じていた。

当時は特に気にすることはなかったが、自分の家名に課せられた〝六公爵〟という役割を知るにつれ、あのときは〝大事な話〟をしていたのだということを少しずつ知っていった。

執務机を間に、大臣と話を始めたウォルドから離れると、足元にいたはずのミアが、少し先で振り返っている。

「……」

まるで、リーゼロッテを待っているような素振りだ。

リーゼロッテが不思議に思いながらも、ミアに誘われるようにして足を踏み出すと、彼女は顔を前に戻して進む。小さな足でたしたしと歩いた先は部屋の隅に置かれた、豪奢なソファだった。

（……もしかして、案内してくださったのかしら……？）

猫に、そんなことができるのかわからないが、誘うような足取りや時折振り返ってリーゼロッテを確認する視線は、とても愛らしかった。ソファのそばには、リーゼロッテが持ってきたワゴンが置いてあり、空のカップも置いてある。お茶を飲んだエリアスが、気を使ってここへ置いてくれたのかもしれない。

「あ」

(そうだ。ミルク、ミルク)

ウォルドに頼まれたことを思い出し、リーゼロッテは空のティーカップに視線を移す。

(……これしか、ないわよね)

あとで別のティーカップを持ってこようと誓い、リーゼロッテは空のティーカップを一旦上げ、ソーサーを手にした。程よく深く、それなりに大きい。うん、とひとつ頷き、リーゼロッテはそこへミルクを注ぎ、しゃがみ込む。

「どうぞ」

足元でちょこんと座っているミアの前へ置くと、ミアはしばらくしてから頭を低くし、ソーサーに注がれたミルクに鼻先を近づける。くんくんと鼻を鳴らして匂いを確認したあとで、舌を出した。

(の、飲んでくださったわ……!!　ふゃぁああ、舐めるように飲んで、かわいい！)

ぺろぺろと舌を出してミルクを舐めて飲むミアを前に、心の中で盛大に叫ぶ。かわいい。かわいさがたまらないぐらい伝わってくる。しかし、あまり見ていると、ミアが集中できないと思い、リーゼロッテは後ろ髪を引かれるような思いで立ち上がった。

「ふぅ」

近くにあるソファへ腰を下ろすと、あまりにも座り心地がいいのか、やわらかなクッションに背中を軽く預けるだけで、変な緊張が抜けていく。

(……話というのは、聞かないようにしていても、自然と耳に入ってきてしまうのね。ん ー、陛下のお仕事を邪魔するわけにもいかないから、今度は本か編み物でも持ってこようかしら。……それにしても、陛下のお声は、低くて優しくて……とても心地がいいわ)

そんなことをぼんやり考えるほどには、落ち着いていた。

すると──、たし。

膝の上に、りんごがたくさん載ったかごよりも軽く、毛糸の束よりも重いものが乗る。ふと、視線を下ろした先では、ふわふわの尻尾をゆらゆらと揺らしたミアの愛らしい姿があった。

「……ッ」

(か、かわいい……ッ‼)

蜂蜜色の愛らしい瞳を向けられ、リーゼロッテは触りたい衝動を必死に堪えた。勝手に触れて機嫌を損ねてしまったら、膝から下りてしまうかもしれない。そうなったら、悲しい。

リーゼロッテは興奮する気持ちを堪え、深呼吸をしてからミアに微笑んだ。

「初めまして、ミアさま。リーゼロッテと申します」

それこそ小声で、囁くように言った。

ミアはきょとんとした顔で、見つめるだけだ。

「……あの、恐れ多いとは思うのですが、……その、美しい毛に触ってみたいのです……が」

「……」

「よろしいでしょうか……？」

「……」

当然のことながら、返事はない。

うなだれてしまいそうになる気持ちを堪えていると、ミアがリーゼロッテの胸元に頬をすり寄せた。再び蜂蜜色の瞳で見上げてきたミアは、興味をなくしたように膝の上でぐるりと回り、膝から下りるのかと思いきや――そのまま丸くなった。

（ふぁあああああ……ッ‼）

その感動たるや、胸が震えて言葉にならない。

まるで〝お好きにどうぞ〟とでも言うような体勢で無防備になるミアを、見下ろす。

「………し、失礼します……ッ」

緊張しながらもミアの頭をそっと撫でると、指先から伝わる毛の質感に肌がざわついた。

こんなにもやわらかく、ふわふわな感触は初めてだ。

一度撫でると、もう一回。

もう少しでいいから、もう一回。

まだまだ足りない、もう一回。

（……どうしよう、止まらないわ……‼）

もふっとした感触に撫でる手が止まらない。

あまりしつこくしてもいけないとわかっていても、ミアの魅力的な毛並みには逆らえなかった。また、喉元を撫でるとごろごろと喉を鳴らしくれるのがわかり、手が離せない。

（い、いけない。もうこれ以上は……！）

わかっていても、無理だった。

しかも、今度はミアが前足を伸ばし、喉を天へ向けるという、やわらかな猫にしかできない格好をする。投げ出された小さな前足の肉球を見たら、触れたい欲求が高まった。リーゼロッテは「失礼します」と断ってから、伸ばされた前足の肉球をそっと指先で押す。

ぷに。

（やぁあああああ……‼）

やわらかい。

それも、とんでもなくつるっとしている。ぷにぷにした感触がたまらなくて、悶絶《もんぜつ》した。表情に出さないよう気をつけていても、身体はぷるぷると震えてしまう。

こんなにも魅惑的な生き物がこの世にいたとは。

リーゼロッテはまだ触っていたい気持ちを堪え、そっと肉球から指先を放した。

（ああ、すごいわ）

膝にかかる重みもさることながら、ミア、もとい猫そのものが持つ独特な高い体温、そこから生まれるのはぬくもりだけではなく、絶大な安心感。ふわふわもふもふの毛は撫でるだけで優しい気持ちになり、健やかなあどけない寝顔は子供のよう。

ミアに触れているだけで、幸せな気持ちになった。

窓から差し込む日差しであたたまる室内と、ウォルドの落ち着いた声、膝の上にいるミアのぬくもりに、否、このかわいさに、睡魔が引き寄せられてしまうのも無理はない。

リーゼロッテは、いつの間にかうつらうつらしていた。船を漕《こ》ぐほど深く揺れてはいないが、まぶたが閉じそうになるのを何度となく堪える。

そして、抵抗むなしく睡魔の誘惑に負けそうになる刹那——ミアが膝から降りた。

「……」

唐突に膝の上から消えたぬくもりとともに、押し寄せてきていた睡魔がすぅっと引いていく。

ぼんやりミアの姿を探すと、彼女はしっぽを立てて執務机のほうへ向かっていた。リーゼロッテの位置からは、ウォルドの表情が険しくなっているのが見える。

もしかしたら、何かあったのだろうか。

リーゼロッテの心配をよそに、ミアが執務机にひょいと飛び乗る。彼女はウォルドの手にしている羽根ペンに興味を示したようで、たしたしと前足で遊び始めた。

「あああ、こら、ミア。……ミア、これはだめだって……」

ウォルドが手にした羽根ペンを頭上に掲げるが、ミアはそれを求めるように後ろ足で立って前足を必死に伸ばす。その後ろ姿がかわいくて、思わず笑ってしまった。それはリーゼロッテだけではないようで、エリアスもそうだ。

「まぁ、とりあえず落ち着いて今後のことを考えましょう」

先ほどとは打って変わって、穏やかな空気が周囲を包む。

ミアの登場で、剣呑《けんのん》としていた雰囲気が一掃されたようだった。

（……私も、補佐としてできることを）

リーゼロッテは立ち上がり、傍らにあるワゴンに手をかけた。――が、執務室のドアがノックされ、顔を上げる。

「はい」

「キャシーです」

「どうぞ」

エリアスの声を聞き、ドアからキャシーが入ってきた。それも、新しいワゴンを押して。

「そろそろ、紅茶のお時間かと思いまして」

近づいてきたキャシーは小声で言い、呆けるリーゼロッテの前で押してきたワゴンと入れ替える。

「いろいろと、新しくご用意いたしました。今、火を消しますので、リーゼロッテさまは少しお離れになってくださいね」

湯が湧いたのだろう。

慣れた手つきでオイルランプに蓋をかぶせ、キャシーは微笑む。

「お役立ていただければ、幸いです」

「役に立つなんてものじゃないわ。すごく、助かったの。ありがとう、キャシー！」

「ふふ。リーゼロッテさまに喜んでいただき、光栄です。では、こちらのワゴンは私が厨房《ちゅうぼう》へお持ちしますね」

「あ、あの、キャシー」

「はい」

「猫のごはんって、どうしたらいいのかしら？」

「……猫、でございますか？」

不思議な表情を返すキャシーに、リーゼロッテは視線をウォルドのほうへ向けた。キャシーもまた、リーゼロッテの視線を辿るように執務机を見る。すると、いつの間にそうなったのか、ミアがウォルドの肩へ乗っていた。

「……猫……、で、ございますね？？」

「ミアさまよ」

「まぁ」

キャシーは状況を把握したのか、リーゼロッテへ向き直り、力強く頷いた。

「先程の件、コックに確認してまいります」

「ありがとう、よろしくね」

それだけ言い、キャシーの背中を見送った。

そして、ワゴンの上に並んでいる紅茶の茶葉を見つめた。

「よし」

気合を入れてから銀のティー・キャディを手に取り、いつものようにブレンドをしていく。

その日、その時の気分によって、茶葉の配合や種類を変えて、リーゼロッテの特製ブレンドティーは作られる。

それは今日も変わらなかった。

「――どうぞ」

会話が途切れたころを見計らい、人数分のティーカップをトレイに載せて執務机へ近づいた。

「私はまだ執務が残っているので、気持ちだけいただくよ。紅茶とともに優しさを向けてくださり、ありがとう。――では陛下、私はこれで」

「今度は、一緒に紅茶を飲む時間を残すようにする」

「お気遣い感謝いたします。そのときは、陛下のおそばにどちらの女性がいらっしゃるのでしょうね」

「……おまえは本当にひと言多いな」

「ふふ。エリアスさまには負けますよ」

細い目をさらに細めて、彼は執務室から出て行った。

その後ろ姿を見送り、エリアスがドアを閉めたところで、ウォルドへ向き直る。

「……私、何かご気分を害するようなことでも……」

「ああ、いや、あいつはいつもああなんだ。俺を試すのが好きでな。よくある戯れだ」

椅子へ背中を預けて身体を伸ばしたウォルドの前へ、リーゼロッテはソーサーとともにティーカップを置く。さらにエリアスにも渡そうとしたのだが、それよりも早く本人がトレイから取っていった。

「私のことは、お気遣いなく。もしよろしければ、リーゼロッテさまも一緒に休憩しませんか？」

「わ、私はずっと休憩しておりましたし、どうぞおふたりで……」

「そう言わず。陛下とふたりでいると、どうしても執務の話になってしまうので、休めるものも休めないのですよ。それに、せっかく大臣の分まで淹れていただいたのに、そのまま冷えていくのを黙って見ているのは心苦しいのです」

「しかし」

「俺も、リーゼロッテがいてくれると嬉しい」

ウォルドからも言われてしまえば、断るのは逆に失礼だ。

リーゼロッテは首肯して、執務机の前にあるひとりがけのソファへ腰を下ろした。その近くのソファに座ったエリアスは、ティーカップを口に運んでいる。

「……ん、おいしい」

ウォルドの嬉しそうな声で、リーゼロッテは微笑んだ。

「ああ、よかった。陛下に喜んでもらえたのなら、何よりです」

「……おや、これは……。焼きたてのスコーンが欲しいところですね」

「先ほど、侍女が持ってきてくれた中に確かスコーンが……」

「では、私がお持ちしましょう」

「ああああエリアスさま、私が、私がお持ちします……！」

「いえ、結構。リーゼロッテさまには陛下の相手をお願い致します」

にっこりと笑顔で言われてしまい、リーゼロッテは浮かしかけた腰を下ろす。助けを求めるようにウォルドへ視線を向けると、彼は膝の上にいるミアを撫でながら微笑んでいた。

「そんなに不服か？」

くすくすと笑われてしまい、リーゼロッテは苦笑を浮かべる。

「……私だけ、この部屋の中にいて、なんのお役にも立てていません」

「何も？」

「はい。……陛下は言わずもがな、この国のことを考え、ご公務に取り組み、エリアスさまはその補佐をなさっている。それにミアさまも……この部屋の空気が悪くなると、その愛らしいお姿で、みなさまを和ませています。……私だけなんです。なんのお役に立てていないのは」

自分の無力さを、突きつけられたような気分だった。

リーゼロッテはこの部屋に来てから、ただ陽の光にあたり、猫を膝に乗せ、うつらうつらすることしかしていない。国に携わる役目もなければ、口を出す資格もない。なぜ自分がここにいるのか、他にできることはないだろうかと考えても、リーゼロッテにはお茶を淹れることぐらいしかできなかった。

それが、歯がゆい。

思い上がりも甚だしいと父には怒られてしまうかもしれないが、せめてウォルドのそばにいられる間は、彼のために何かしたいと思ってしまう。自然と下がった視線の先で、自分の淹れた琥珀色《こはくいろ》の紅茶が、揺れた。

「この紅茶」

ウォルドの声に、自然と顔が上がる。

窓から差し込む黄金色の光りに照らされ、ウォルドは優しく微笑んだ。

「リーゼロッテの特製ブレンドティーなのだろう?」

「……」

「これは、あなたにしか淹れられない」

「……」

「役に立つ、立たないではなく、リーゼロッテにしかできないことを、あなたは俺にしてくれた。それだけで十分だ」

優しいまなざしが、あたたかな黄金色の光りとともに注がれる。

「ありがとう」

それはリーゼロッテの冷えた心をあたたかくさせ、一瞬にして視界を歪ませた。はらり。溢れた思いが、知らぬ間に頬をすべり、膝の上に乗せたティーカップの中へ落ちていく。

それは水面を揺らして波紋を作る――リーゼロッテの心もまた、同じだった。

「……」

いつもそうだ。

ロゼリアの妹。

薔薇の君に対して、きつい顔立ちをしているから棘の君。

ランバート家の華やかではないほうの娘。

誰も〝リーゼロッテ〟として見てくれず、姉の影のように隠れて存在していた。

今回の婚約者騒動もそうだ。

姉の破天荒なひと言によって〝王妃の権利〟を与えられてここにいるリーゼロッテは、周囲から見ても〝姉の代わり〟にしか見えないだろう。美しく愛らしい姉の陰で生きてきたのだから、それでいい。姉のおかげで、ずっと好きだった人のそばにいられるのだから、これ以上の幸せは望まない。

そう、思っていた。

『……俺は、リーゼロッテに触れたいのだ』

この言葉を聞くまでは。

ウォルドは、事ある事にリーゼロッテの心に触れてくれる。姉の影でしか生きていけなかった自分に、手を差し伸べてくれたのは彼だった。

それが嬉しくてたまらない。

胸いっぱいに溢れた幸せが、涙となって頬を濡らしていった。

「──陛下、私は席を外します」

エリアスの冷静な声に、はっとしたリーゼロッテは、慌てて指先で目元を拭う。

（いけない。人前でこんな、それも陛下の前で……！）

「夕食まで来客の予定はございません。必要な会議も明日に集中しておりますし、書類も一段落ちついておりますので、私は必要ないかと」

「……で、おまえはどこへ行くんだ？」

「夕方、決められた時間にしか開かないお店がありまして……、そこで、この紅茶にあうおいしい焼き菓子を見繕ってこようかと。ですので、私が戻るまでは陛下も好きになさってください。リーゼロッテさまは、陛下がちゃんと休憩されているかどうか、しっかり見張ってくださいね」

淡々とした口調で必要なことだけを言ったエリアスは、さっさと執務室から出ていってしまった。すっかり涙が止まったリーゼロッテは、ひく、と肩を揺らしてエリアスを見送ったドアから、ウォルドへ視線を向ける。

彼は大きく息を吐き出して、苦笑した。

「まったく」

きょとんとするリーゼロッテの前で椅子から立ち上がったウォルドが、執務机をまわって近づいてくる。先程まで彼の膝の上にいたミアは、エリアスが座っていたソファへ飛び乗り、耳を倒して背中をこれでもかというぐらいに丸くし、つま先立ちになっていた。

「捕まって」

ふと、耳元で声が聞こえたと思ったら、身体が宙に浮く。膝の裏と背中を支えるようにしてリーゼロッテを抱え上げたのは、ウォルドだった。咄嗟《とっさ》に彼の首へ抱きつく。

「陛下⁉」

「今はふたりだけだ」

「しかし、ご公務中で……！」

「先ほど我が国の宰相が休憩していいと言った。……それに」

正面を向いていた彼の視線がそっと向けられ、心臓が大きく高鳴った。彼とともに部屋の隅、リーゼロッテが休憩していた大きめのソファへ腰を下ろし、ウォルドが続ける。

「俺は、リーゼロッテがいなければ、休めるものも休めない」

あなたがいなければだめなんだ。――とでも言うように苦笑するウォルドを前に、膝に乗せられたままのリーゼロッテは何も言えなかった。

「ミアを膝に乗せるのも好きだが、リーゼもいいな。距離が近くなる」

上機嫌でリーゼロッテの頬へ頬ずりをしたウォルドに、目を瞠る。一気に頬が火照り、涙で冷えた肌が熱くなった。

「……陛下」

「ん？」

「休憩を……ですね」

「している」

「これは違います」

「では、リーゼロッテの言う休憩とはどういうことだ？」

「え？」

疑問を返され、リーゼロッテは逡巡した。

「……そうですね。ミアさまを膝の上に乗せることでしょうか」

「ミアを？」

「はい！」

考え込むように俯《うつむ》いていたリーゼロッテが、勢いよくウォルドへ視線を移す。

「ミアさまを膝の上に乗せているだけで、私は天国にいるような気分でした……！　ふわっふわのもふもふで、かと思うとしっかりぷにぷにしていらっしゃっていて……！　ああ、ミアさまがいてくださるだけで、幸せになります！」

ミアが膝の上で丸くなっていたときのことを思い出しながら、興奮気味に言う。それを黙って聞いていたウォルドが、ふ、と口元を綻ばせた。

「そうか。リーゼロッテはミアを抱っこして、幸せになったのか」

「はい！　それはもうとても！」

「ん。だったら、俺も同じだ」

今度は、リーゼロッテがウォルドの言葉にきょとんとする番だった。

「リーゼにこうして触れているだけで、幸せになる」

甘やかな声とまなざしに、息苦しいほどのときめきに襲われる。

ウォルドを直視することができず、リーゼロッテは俯いた。

「いくら私を膝に乗せているとはいえ……わ、私は……ミアさまではありません」

「リーゼロッテにとってのミアがそうであるように、俺も一緒だよ。……あなたの言う休憩というのは、幸せになることのようだったから、俺の幸せを語ったまでだ」

こめかみにやわらかな感触が伝わり、彼にくちづけられたことに気づく。

「……私は、ミアさまのようにふわふわしてません」

「そんなことはない。リーゼロッテはあちこちがやわらかい。……特に胸は最高だ」

「ッ！」

「リーゼロッテのそこへ俺の指が埋まり、先端がぴんと硬くなっていくころには、あなたはもう俺のことしか考えていないとろけた顔になる。それがもっと見たくてつまんでしまうのだが、リーゼの声が甘くなっていくのもそれぐらいでな？」

彼の声が昨夜の熱をリーゼロッテの身体に思い出させる。

言葉がなぞった分だけ、胸に熱が灯り、その先端は甘く痺れた。触ってほしい。はしたない欲望が、かすかに顔を覗《のぞ》かせる。

「……もっとかわいがりたい気持ちが、止まらないんだ。リーゼの胸を触っているだけで、俺はたまらない気持ちになるよ」

耳元に寄せられた唇から紡がれる言葉が、誘惑するような甘さを含んでいる。腰骨の辺りからぞくぞくした感覚が肌をざわつかせ、リーゼロッテの心臓を騒がしくした。息苦しいほど高鳴る心臓を落ち着けることができないでいると、彼の唇がそっと耳に触れる。

「俺を、幸せにしてくれる？」

誘惑するような響きで強請《ねだ》られたら、どうすることもできない。

「……陛下、それはずるい……です」

「何が？」

「そんな、そんなふうに言われたら……」

断れるわけがない。

ウォルドが幸せになるのを一番望んでいるのは、他ならぬリーゼロッテなのだから。

「ん？」

「……」

「リーゼロッテ……？」

先を促すように耳元で呼ばれた名前が、甘い。

ぞくぞくとした感覚に抗えなくなったリーゼロッテは、口を開いた。

「…………私に触りたい……と、聞こえます」

「そうだよ」

「ッ⁉」

「俺は、リーゼロッテに触りたい」

軽く耳に触れる彼の唇が、欲望を言葉にする。心臓が激しく音を立ててしょうがないというのに、ウォルドはさらに続けた。

「……こっち向いて」

「……」

「リーゼ」

誘惑するような甘い声に、リーゼロッテの心は悲鳴をあげそうなほど締めつけられる。

「リーゼロッテ」

もう一度、名前を呼ばれたら、堪えていた何かが外れたような気がした。

「顔を見せて」

その声に導かれるようにして、ゆっくりと顔を上げてウォルドへ視線を向けたところで、かすかに彼の口元が緩んだのを見た――はずだった。

「――んぅ、んッ」

彼に突然唇を塞がれてしまい、その前の記憶は甘いくちづけとやわらかな唇によって快楽へと塗りつぶされてしまう。

「んんんぅ、ん、ん、ぅ」

考えることを許さない、思考を奪うようなくちづけ。

「ん、ん、……へい、か……？」

「何度言ったらわかる？」

「え？」

「ふたりきりのときは、名前でいい」

しかし。──と、反論しようと口を開きかけたところへ、ウォルドの舌が差し込まれて唇を覆われる。中に入り込んだ彼の舌は戸惑うリーゼロッテの舌に絡みつき、離さない。じゅるじゅるとしごかれ、触れ合うところから甘さが口いっぱいに広がった。

「んぅ、んん、んん、んーッ」

頭の奥が痺れて、身体中から力が抜ける。

もうすっかりリーゼロッテの弱いところを理解しているのか、ウォルドから与えられる快楽に抗うことなどできなかった。ただ貪られるまま唇を触れ合わせ、求められるままにソファへ押し倒され、濡れそぼった秘所を上下に撫でられる。

「んんッ⁉　あ、へい」

「名前」

「ウォルドさま、あの……ッ！」

「下着を脱がしたところまでは従順になってくれていたのに、どうしていいところで気づくのだろうな」

「あ、あああ当たり前です……！　というか、いつの間に私の下着を……！」

「ドレスを脱がすのは簡単でも、着せるまでが大変だ。いつ、エリアスが戻ってくるともわからん。それでも、リーゼロッテを気持ちよくしたいのだ、こちらを愛でるしかあるまい？」

もうここしかない。

そう真顔で言われても、リーゼロッテは目を白黒させるばかりだ。

「え、あ、ええッ⁉」

「リーゼのやわらかな肌を堪能したくても、脱がせられないのならしょうがないだろう？」

にっこり。笑顔とくちづけで押し切られてしまったような気はしたが、それもすぐに快楽によってどうでもよくなる。

「……はぁ、そうだ。それでいい」

褒めるように微笑まれてしまえば、もう何も考えられない。

「いい子だ」

甘い言葉と優しい囁きとともに、再びくちづけられる。秘所を上下に撫でる彼の指先も、再び動き出した。濡れそぼったそこを何度も撫で、ドレスの中からくぐもった水音を奏でだす。

「んん、んぅ、んッ」

彼の指先が溢《あふ》れ出《で》る蜜をまとわせながら、少しずつナカへ入ってきた。

指先、第一関節、第二関節。骨ばった美しい彼の指が、快楽を求めて引くつく肉壁をなぞっていく。先程まで羽根ペンを握っていた彼の指が、こんなにもいやらしいとは思わなかった。優しく撫でるように入ってきた彼の指が、とうとう最後まで入る。

「んんんッ」

腰が浮き、身体が小刻みに揺れた。

「……ん、昨夜……よりは、そこまでキツくないな……」

言いながら、彼の指先がちょいちょいと何かを確かめるように動く。

「ッやぁ！」

嬉しそうに言うウォルドを見上げ、リーゼロッテは呼吸を整えるのに精一杯だった。ふいに、彼の視線がリーゼロッテに落とされる。何かと思って見つめると、彼の指が動き出した。

「——ッあああぁあッ、あ、あ、ん、やぁ、激しく、しちゃ……ッ」

掻き回すように、奥へ奥へと出し入れを始める。

それは最奥に届くには、長さが足りない。それでもナカでリーゼロッテをかわいがる彼の指からは、愛しさしか伝わってこなかった。

「あ、あ、ウォルド……さま、ウォルドさまぁ……ッ」

「うん。大丈夫、俺はここにいる」

「んんッ」

肉壁を何度も何度も擦り上げ、溢れるリーゼロッテの蜜を掻《か》き出す。それはリーゼロッテの身体に快感を刻みつけた。執務室に響くのは、リーゼロッテの「気持ちいい」と伝えるような、甘い声だけになっていく。

身体が熱い。

胸に渦巻く快楽が、出口を求めて彷徨《さまよ》っている。

リーゼロッテは喘ぎながら、彼の唇を求めるようにウォルドを見上げた。

「……」

しかし、彼は恍惚とした表情でリーゼロッテを見下ろすだけで、何もしてはくれない。

たぶん、きっとわかっているのだろう。

その口の端は、軽く上がっていた。

「……ウォルド……さま」

「ん？」

この顔は決して、リーゼロッテの欲しいものはくれない。

それを頭のどこかで理解したリーゼロッテは、すぐそこにある彼の唇に自分から触れた。ちゅ、という優しい音が淫靡な水音の合間に聞こえ、触れたところから甘い気持ちが広がる。

ああ、だめだ。

(――もっと欲しい)

自然と伸びた手が、彼の胸元を掴んで自分のほうへ引き寄せる。そこに、ウォルドの抵抗は感じられなかった。むしろ、望んで唇を近付けてくれたような気さえする。

「んんぅ、ん……ッ」

求めていた唇に胸がいっぱいになってくると、彷徨っていた快感が出口を見つけたようだ。ぐちゃぐちゃにナカを掻き回していた彼の指が速度を上げ、ぐっと奥へ突き入れられたその瞬間――目の前が白く弾けた。

「んんぅ、んー、んんんんん――ッはぁ、あ、あ、あぁッ」

快楽を受け入れた身体が大きく跳ね、唇が離れた直後にウォルドの胸元へしがみつく。彼のシャツにシワができるほど、強く掴んだ。

「ん、んッ」

ひくひくと身体を小刻みに揺らすリーゼロッテが落ちつくまで、ウォルドはその頭を撫でてくれていた。

「……リーゼロッテ、ありがとう」

「私は……、何も」

「あなたにしかできないことを、今してもらったよ」

「……え？」

顔を上げたリーゼロッテに、ウォルドは微笑む。

「……俺の指に必死にしがみつくココを俺でいっぱいにするのは、これからの楽しみにとっておこう。だから、今は少しおやすみ」

「ウォルド……さま？」

頭を撫でる彼の大きな手のひらと、そのぬくもり。

そして、快楽を受け入れた気だるさ、程よく心地良い疲労感に身を任せ、リーゼロッテは愛しい人の腕の中で目を閉じた。

第三章　ふたりの夜

ウォルドの言葉が、頭から離れない。

『ココを、俺でいっぱいにするのは、これからの楽しみにとっておこうかな』

朝起きてからずっと、リーゼロッテの頭の中は〝今夜〟のことでいっぱいだった。

何をしても上の空で、食事だってどこに入ったのかわからない。そわそわと落ち着かない心は彼を待ちわび、理性が「はしたない」と叱る。あっちこっち右往左往する心に、弄ばれているようだ。

昨夜はもうひとりの婚約者候補であるバルフォア家の令嬢・アンナが、王城へ到着ののちに、リーゼロッテへ挨拶をしてからウォルドと夜を過ごした。よって〝今夜〟はリーゼロッテが、ウォルドと夜を過ごす予定になっている。

ああ、それなのに。

（……どうしてこう緊張するのかしら……！）

今は朝で、夜までには時間がある。

それに、昨日ウォルドが言っていた〝ココを、俺でいっぱいにする〟のが〝今夜〟かどうかなんてわからない。わからないが、朝起きてから胸のあたりがざわついていた。

（落ち着いて、大丈夫、大丈夫よ。リーゼロッテ）

また心臓が騒ぎ出したのを感じて、深呼吸を繰り返す。

すると、アンナが食堂へやってきた。

彼女はリーゼロッテから離れたところへ座り、同じテーブルにつく。食後の紅茶を飲んでいたリーゼロッテは、彼女に視線を移した。

「おはようございます、アンナさま。よく眠れましたか？」

にこやかに挨拶をするリーゼロッテの声に、アンナは妖艶に微笑んだ。

「あら、リーゼロッテさま。ええ、よく眠れたと言えばそうね。昨夜は陛下がなかなか眠らせてくださらなくて、……少し寝坊をしてしまったわ」

不敵に笑う彼女を見て、リーゼロッテの心がちくりと痛む。

彼女もまた、ウォルドと一晩過ごしたのだ。彼の手が、どうやって肌に触れて、どのようにこの身体を高みへ導いてくれるのかも、知っているのだろう。交互に夜を過ごすというのは、そういうことだ。

わかってはいても、胸の奥に感じる痛みはどうすることもできなかった。

「……そう、ですか」

「リーゼロッテさまも、ご存じでしょう？　陛下が、朝までずっと抱いていてくださるのを。とても満足そうな寝顔でお休みになられるのでお起こしするのにしのびなくて」

それは、知らない。

リーゼロッテが目覚めたとき、そこにウォルドの姿はなかった。

「……それは、存じ上げませんでした」

その返答を聞き、アンナは勝ち誇ったように言う。

「まぁ、まぁまぁまぁまぁ、そうでしたの。でしたら、私は余計なことを言ってしまいましたわね。気を悪くしたら、ごめんなさい。悪気はないの」

「……いえ」

「陛下が朝まで一緒にいたいと思えるのが私だとしても、恨まないでちょうだいね？」

アンナの優越感に浸った声を聞きながら、リーゼロッテは曖昧に笑った。

言葉など出るわけがない。リーゼロッテは〝棘の君〟なのだ。所詮、薔薇のロゼリアには敵わない。それを、リーゼロッテは痛いぐらい理解している。

だから、悔しくなどなかった。

「あなたなんかに、ロゼリアの代わりは務まらないわ」

そのとおりだと思う。彼と初めて会った仮面舞踏会のときだけでなく、本当ならばベッドで幸せな朝を迎えていたのは自分ではなくロゼリアだったのだから、そう言われて当然だ。

少しずつ、心と視線が落ちていく。ぎゅ、とテーブルに置いた手を握りしめた直後、

「せっかくの爽やかな朝陽が、台なしだわ」

食堂に響き渡るしっかりとした太陽のような声に、リーゼロッテは顔を上げた。

食堂へ入ってきたのは、姉のロゼリアだった。

「由緒正しいバルフォア家のアンナさまともあろう方が、朝から随分と意地の悪いことをおっしゃっているのね。そのにじみ出る悪意に、朝陽が霞《かす》んでしまいそう」

背筋を伸ばし、颯爽《さっそう》と歩いてくるロゼリアを見上げ、呆ける。

「……お姉さま……？」

「はぁい、私のかわいい妹《リーゼロッテ》」

横からぎゅぅと抱きしめてくるロゼリアの、ふわふわの胸があたって気持ちがいい。リーゼロッテを、アンナの悪意から守るようにして現れたロゼリアに、うっかり泣きそうになる。

「ちょっと様子を見にきたついでに、残りのドレスも持ってきたのだけれど、もう朝食は終わったのかしら？」

「え？　ええ」

「あら、じゃあアンナさまは起きるのがリーゼよりも遅かったのね。へぇー、ふーん、そー」

「……ロゼリアさま、私は」

「いいからいいから、アンナさまは朝食を召し上がってくださいな。私は妹に用があるの。そ

れで？　意地悪なことはされていない？　もしされているのなら、私に言うのよ。直ちに陛下へ伝えるから」

　これ見よがしに言ってから微笑み、ロゼリアはリーゼロッテの手を取って立たせる。そして、彼女の手を引いて食堂を出たのだった。

　ずんずん、と黙って前を歩く姉の背中を見つめ、リーゼロッテは苦笑した。

「……お姉さま、そんなに怒らなくても……」

「無理」

「でも」

「無理って言ってるでしょ。あそこで暴れなかっただけ、ありがたいと思ってほしいぐらいだわ。まったく、私のリーゼロッテに向かってあんなことを言うなんて……！」

　リーゼロッテの充てがわれた部屋へたどり着いたロゼリアが、乱暴にドアを開く。

開けたときと同じく力任せに閉めたドアから、苛立たしさを表す大きな音がたった。

「リーゼロッテも、リーゼロッテだわ！　あんな意地悪、すぐに言い返してやりなさい！」

　振り返ったロゼリアが、顔を真っ赤にして怒ってくれるのを見て、口元が綻ぶ。

「ちょっと、何笑ってるのよ！　リーゼの話よ!?」

「だって、お姉さまが私よりも先に怒るから」

「だからリーゼが怒らなくてもいいというの？」

「いいえ。私も怒るときは怒ります。でも、今回アンナさまから言われたことは……その、本当のことだから」

苦笑するリーゼロッテに、ロゼリアは「そんなことはない」と言うように手を伸ばして抱きしめる。やわらかな身体に包まれ、そのぬくもりから安心がやってきた。

「そう思っているのは、リーゼロッテだけよ」

「そう言ってくれるのは、お姉さまだけだわ。ありがとう。私のために怒ってくれて」

「リーゼ……！」

もうひと嵐きそうな予感に、リーゼロッテはロゼリアの腕の中からそっと離れる。

「お姉さまには、少し頭を冷やす時間が必要ですね。私、これからキャシーと一緒に紅茶の準備をしてくるわ。お姉さまの大好きな紅茶を淹れてくるから、ここで待っててくださる？」

「……リーゼが淹れてくれるのなら、待っててあげてもいいわ」

たまにこうして子供のようになるのだから、ロゼリアが周囲から愛される理由がよくわかる。

リーゼロッテは微笑んでから、部屋を後にした。

廊下を歩いている途中で、ロゼリアに連れ出されたリーゼロッテを追いかけてきただろうキャシーとばったり会い、彼女を伴ってキッチンへ向かった。

キャシーや、この城の使用人たちと話しながら、にこやかに紅茶の支度をしていると、焼きあがったばかりの焼き菓子をもらう。彼らの優しさに胸をじんわりあたたかくさせたリーゼロッテは、それもワゴンに載せて、ロゼリアの待つ部屋へ戻っていくのだった。

「ロゼリアさま、きっとお喜びになるでしょうね」

「焼きたてとか、できたてって言葉に弱いものね。私もさっき味見をさせていただいて、幸せになったわ。甘いものって本当に不思議」

「ええ」

キャシーと和やかな会話をしつつ、寝室の前までやってくると、かすかに開いたドアの隙間から話し声が聞こえてくる。ここにはロゼリアしかいないはずだ。

他にも、リーゼロッテに用がある人物でも来ているのだろうか。

そんなことを考えながらドアに手をかけようとした直後。

「ロゼリアさまがいらっしゃると聞いて、ご挨拶に」

ウォルドの声だった。

恋い焦がれ、待ちわびていた想い人の声を、聞き間違えることはない。

胸が締めつけられるような痛みを心臓が訴え、リーゼロッテの身体をその場に縫い止めた。中では楽しげな会話と、今まで見たこともないような表情を見せるウォルドとロゼリアがいて、ふたりの会話を邪魔することなどできなかった。

(……なんて、お似合いのふたりなのかしら……)

まるで、ふたりの姿が絵画の中から出てきたような錯覚に陥る。

「……リーゼロッテさま」

傍らにいたキャシーの気遣わしげな声に、リーゼロッテは我に返った。

心配を露わにするキャシーに「大丈夫」と伝えるように微笑み、そっとドアから離れた。

「……キャシー、お願いがあるの」

彼女の耳元で囁くように言い、続ける。

「お姉さまに『今夜は、私の代わりに陛下と一緒にいてください』と、伝えてくれる？　もちろん、陛下がこの部屋を出て行ったあとで」

息を呑む音を間近で聞きながら、リーゼロッテはキャシーの顔を覗《のぞ》き込む。

「キャシー、お願い」

念を押すように重ねて言うと、キャシーは明らかに困惑していた。

「……でも、リーゼロッテさまは」

「私？　私は、屋敷へ帰るわ。お姉さまが乗ってきたうちのゴンドラがあるから。……だから、キャシーはこのまま、ふたりにおいしい紅茶を振る舞ってちょうだい。私が家に帰ったのは内緒にするのよ？　私のことは適当にごまかしておいて」

「リーゼロッテさま……」

「キャシーに面倒なことを押し付ける情けない主人で、ごめんなさい」

そんなことはないとキャシーは首を横に振った。

ありがとうという気持ちをこめて、リーゼロッテはそっとキャシーを抱きしめ、来た廊下を戻る。ドレスの裾を持ち上げ、少しずつ歩く速度が速くなっていくと、最後には小走りになっていた。

自分に、姉の代わりができないのは十分理解している。

それはいい。

しかし、この婚約に関して、リーゼロッテはどこかで浮かれていたのかもしれない。捨てなければいけない想いを捨てなくてもいいと知らされてからというもの、状況に流され、自分のことしか考えていなかった気がする。

（……お姉さまや、ウォルドさまのお気持ちは本当によかったのかしら……）

先程、部屋の中で楽しそうに会話をしていたふたりの仲睦まじい姿を見た瞬間、大事な人達の心を蔑ろにしてはいないかと心が冷えた。

そもそも、リーゼロッテに〝恋〟という言葉を教えてくれたのは、ロゼリアだ。

リーゼロッテのウォルドへの気持ちを、ロゼリアが知っていてもおかしくはない。

もし――。

（もし、私に遠慮して婚約破棄を決めたのだとしたら……？）

妹のためなら、と有言実行する姉のことだ、可能性はあるかもしれない。

ウォルドだってそうだ。ロゼリアから「婚約を破棄したい」と言われて、無理やり結婚をするような人ではない。ロゼリアの意思を汲《く》み、王家の慣例を守るだろう。しかし、ウォルドがもともと、ロゼリアとの婚約を望んでいたのだとしたら、リーゼロッテの想いがふたりの邪魔をしたことになる。

（……あああ、私は大馬鹿者だわ）

大好きなふたりを引き裂くような〝想い〟を持ってしまったがために、ふたりの幸せを奪ってしまった。

「……ごめんなさい、お姉さま」

リーゼロッテは、城内ある専用の船着き場でランバート家のゴンドラに乗りこみ、驚くゴンドリエーレに事情を説明して王城を見上げた。

（ごめんなさい、……陛下）

そうして、リーゼロッテは運河の流れに身を任せ、ランバート邸へ戻ったのだった。

「――……おかえりなさいませ」

「ただいま、アルノルド」

出迎えてくれた家令は、一瞬驚きの表情を見せたが、何も言わずに微笑んでくれた。

出かけたロゼリアの代わりに、リーゼロッテが帰ってきたのだ、驚くのも無理はない。リーゼロッテも今は話す気分ではなく、黙って微笑んでくれる家令に感謝をこめて会釈した。

「お父さまと、お母さまは？」

「ただいま出かけております。深夜までお戻りにはならないかと」

それは好都合だ。少なくとも今、余計な心配をかけることはないだろう。いつか耳に入るとしても、今を静かに過ごせるのならそれでいい。

「……ありがとう。私は部屋にいるわ。しばらくいないものとして」

それだけ言うと、リーゼロッテは自室へ戻り、使い慣れた自分のベッドへ身体を投げ出した。

●・○・●・○・●

あれから、どれだけの時間が経《た》っただろう。

気づいたときには、部屋の中が黄金色に染まっていた。

ぼんやりと身体を起こしたリーゼロッテは、のそのそとベッドから下り、身体を伸ばしながら部屋を出る。

「……」

見慣れた侍女が挨拶をしてくれ、リーゼロッテは〝いつもの日常〟が戻ってきたような気分になった。両親と姉のいない食卓は少し寂しかったが、王城で食事をする緊張もなくゆっくりできた。

なにより、家令が気を利かせてくれたのだろうか。

その晩の食卓に並んだ料理は、どれもリーゼロッテの好物ばかりだった。

屋敷にいるみんなの心遣《つか》いが、身にしみる。リーゼロッテはロゼリアの侍女を伴って浴室へ向かい、たっぷりの湯に浸かった。身体がぽかぽかになって自室へ戻ると、部屋の中はすっかり暗くなっていた。

窓から差し込まれる月の光に誘われるようにして、窓辺に立つ。

黒く塗りつぶされた夜空に浮かぶ少し欠けた月を見上げ、ドアに手をかけてバルコニーへ出た。夜独特の湿った風に身を晒《さら》すだけで、湯であたたまった身体から体温が奪われる。

「……」

もう、何も考えたくなかった。

それなのに、月を見上げると彼と初めて出会ったときを思い出し、心が締めつけられる。

もう、いいかな。

満ちた月には足りない欠けた部分に、リーゼロッテは、絶対に忘れたくないと思っていた愛しい記憶を、その愛しさとともに月の裏へ隠す。隠したつもりになる。この想いを持っている間はとても幸せで、確かに満ち足りた満月のようだった。

だから、大丈夫。

この苦しい想いを捨てても、生きていける。

「……ッ」

徐々に歪んでいく視界の中、月が揺らぐ。

まるで水面に映った月のようだった。

運河の国を照らす月が、水底にあるのではないかと錯覚する。

「ふ、……ぅ、うぅッ」

頬を濡らす生暖かな涙が落ち、胸元を濡らした。

ぬくもりを持ったはずの涙は海風にさらされ、一瞬にしてその熱を奪われる。自分の中にあるこの想いも、涙とともに流れて消えてしまえばいいのに。

ぽろぽろと涙を流しながら、立っていられないほどの胸の苦しさに、リーゼロッテはその場でしゃがみこむ。声をあげて泣いてしまいたいのに、堪えてしまう。

胸を熱くする心の叫びは、嘆きの言葉ではなく、

「……会いたい……ッ」

愛しい人を求める声だった。

こんなことなら、ウォルドのぬくもりを知らなければよかった。

一度知ってしまったがために、求める想いが大きくなっていた。この気持ちも、愛しさも、彼に触れて、彼と触れ合って、名前を呼ばれる幸せを知ってしまったら最後、それを知らなかったころには戻れないのだと理解する。

苦しい。

苦しすぎて、この想いに溺れてしまいそうだ。

「……ウォルド……さま……ッ」

助けを求めるように名前を紡いでも、意味がない。

それでもあがいてしまうのは、どうしてだろう。

リーゼロッテは、震える心をそのままに立ち上がり、目元の涙を手の甲で拭った。軽く肩を揺らしながら、頭上の月を見上げる。

何度か大きく深呼吸をして数滴涙を溢れさせたあと、リーゼロッテは心を落ち着かせて寝室へ戻ろうと踵《きびす》を返し――固まった。

「……」

今、自分に何が起きているのか理解できずに、立ち尽くす。

頭の中が真っ白に染まっていく中、ドアの前に人影があった。薄闇にまぎれて壁に預けていた背中をゆっくりと離し、その人物は組んでいた腕を解いて歩きだす。

「……ど、どなた……です、か？」

六公爵であるランバート家の家令は優秀だ。

主の断りなく、安易に見知らぬ人間や来訪者を屋敷に招き入れたりはしない。だから、きっとここにいるのは、家令が知っている人間なのだろう。しかし、リーゼロッテの部屋に、家令がすんなり屋敷へ招き入れる人物というのが、家族以外で思い浮かばなかった。

「先ほど」

ゆっくり吐き出された声に心が震え、もうそれだけで相手が誰かを理解した。

「あなたに、名を呼ばれた者だ」

薄闇から月明かりに姿を現した彼を見て、あまりのことに足から力が抜ける。しかし、へたり込むよりも先に、小走りに駆けた彼の腕が伸び、腰を引き寄せられた。

「……へい……か？」

「ふたりきりのときは、名前でいいと言った」

ぎゅっと抱きしめられた瞬間、鼻先を彼の香りがかすめる。

心臓が苦しいぐらいに締めつけられ、求めていたぬくもりに包まれたことで、また涙が眦から溢れた。これは一体どういうことなのだろう。しっかりと抱きしめられる腕の力は本物で、夢とは考えにくい。

それに、なによりも。

（今、陛下はお姉さまと一緒にいるはず）

少しずつ状況を理解していくリーゼロッテは、そっと彼の腕の中から逃れようとする。——のだが、ウォルドがそれを許さないと言わんばかりに、腕の力を強くした。

「あ、あの」

「ん？」

「どうして陛下が、私の部屋に……？」

「自分の婚約者を迎えにくるのに、理由がいるのか？」

「私はもう」

「俺は、何も聞いていない」

「……」

「何も、許可を出してはいない」

まるで「まだおまえは俺のものだ」とでも言うように、ウォルドはしっかりした声で言う。

「……しかし、お姉さまが……」

「そのロゼリア嬢から、リーゼロッテを迎えに行けと言われたんだ」

「……嘘です」

「嘘なものか、実際に俺は」

「それは、嘘です」

腕の中から抜け出すように、リーゼロッテはウォルドの身体を押しのける。戸惑いとともに息を吐いてから、リーゼロッテは月の下にその身を晒しているウォルドを見上げた。

「お姉さまは、嘘をついています。本当は、陛下と一緒にいたいんです」

「……そんなふうには見えなかったが？」

「そう見せているだけだと思います。姉は本来、とても優しくて情に厚い人なのです……。

さぁ陛下、こんなところにいつまでもいたらいけません。早く城へお戻りください。今ならまだ間に合います」

「だったら、リーゼロッテも一緒だ」

「私は行けません」

「なぜ」

「この婚約は、もともと姉のものです。……私にはやはり荷が重く、姉の代わりを務めることができません。陛下にも、こんな私では申し訳なくて……」

「それは、俺が決めることだ。誰がロゼリアの代わりだと言った、誰がリーゼロッテが嫌だと言った。俺はそんなことをひと言も言っていないし、思ってもいない。それなのに、どうして俺の気持ちを勝手に推し量る」

そんなの決まっている。

「陛下に、幸せになってもらいたいからです……！」

「……」

「……私は、私は……陛下に誰よりも幸せになってもらいたいのです。国を治めるために、陛下は努力していらっしゃいました。六公爵家への気遣いだけでなく、分け隔てない態度を貫いております。英断ともいえるべき判断は、きっと宰相のエリアスさまの助言だけでなく、国を見ての結果だと思います。……ときどき市場を出歩き、査察以外にも言葉を交わしてくださる優しさに、国民は心打たれているのです。みなの尊敬する陛下の隣に並ぶのは、私では力不足です」

それこそ、華やかな〝薔薇の君《ロゼリア》〟が似合いというものだろう。

運河の先にある青い海に、真紅の薔薇はよく映える。穏やかで優しげに見えるロゼリアなら良いが、普通にしているだけで相手にキツい印象を与える自分では、国を治める王の隣になど立てはしない。

「ですからどうか、陛下はお姉さまのそばにいてください」

しっかりとした言葉で、懇願を込めた視線をウォルドへ向ける。しかし、彼はそんなリーゼロッテに手を伸ばし、その頬をそっと覆った。

親指の腹で目元を撫で、リーゼロッテの涙のあとをなぞる。

「……陛下？」

呆けた声で言うと、ウォルドは困ったように眉根を寄せて笑った。

「……俺には、嘘をついているのがリーゼロッテのように見えるんだがな」

その優しい声と視線に、胸が痛いぐらいに締めつけられる。

心の奥を覗かれたような気がして、リーゼロッテは視線を逸らした。

「そんなことはありません」

これ以上、心の内を暴かれたくなくて、リーゼロッテは失礼を承知でウォルドの横を通り過ぎ、寝室へ入ろうとする。が、振り返ったウォルドによって、後ろから手首を掴まれてしまった。

「!?」

「会いたい、と言っていた」

もしかして、名前を呼ぶ前から部屋にいたとでも言うのだろうか。

動けなくなったリーゼロッテが逡巡している間に、手首を握る力が少し強くなった。縋るような強さに近く、まるで『行くな』と言われているような錯覚さえ覚える。触れられたところから、月の欠けた部分へ隠した恋心が「好き」だと胸の内で叫んでしょうがない。

それを必死に押し殺して、リーゼロッテは唇を引き結んだ。

「……あんな声で求められ、名前を呼ばれたのは、生まれてこの方初めてだ」

「……」

「人は、あんなにも切ない声を出すのかと驚いた。……まるで、甘やかな告白のように聞こえたよ」

その穏やかな声に、リーゼロッテは振り返った。

「違います！」

「ん？」

「私は陛下を好きではありません！　あれは告白でもなければ、なんでもないのです！　だめです、陛下を好きだなんてそんな恐れ多い感情、私は持ってはいけないのです‼」

感情が溢れてどうしようもない。

溢れた涙が頬を伝い、夜着を濡らす。

だめ。彼に勘付かせてしまったら、いけない。

「私は、陛下のことなんて好きではありません！」

泣きながら訴えるリーゼロッテは、最後には顔をくしゃくしゃにしていた。

「……好きじゃ……な……、好きじゃないんです……」

「……」

「信じてください……、お願い……ッ。好きじゃない……、好きじゃないから、お姉さまのところへ……、うぇ、ふぇぇ」

まるで許しを請う子供のように、泣きじゃくる。

そんなリーゼロッテを前に、ウォルドは小さく息を吐いて彼女をそっと腕の中に抱き寄せた。

「……まったく、これでは好きだと言っているようなもんだ」

「ちが、違います。好きじゃないです、好きじゃ……ッ」

腕の中で首をふるふると横に振って訴えるリーゼロッテの頭の後ろを撫でさすり、ウォルドは苦笑した。

「あー、はいはい」

「……し、信じてくださ……ッ」

「じゃあ聞くが」

リーゼロッテを腕の中から放し、ウォルドは涙で濡れた彼女の顔を覗き込む。

「俺のことは嫌いか？」

ひく。肩を震わせ、涙を目にいっぱいためたリーゼロッテは、その言葉の意味を理解しようとした。ウォルドの言ったことを、頭の中でもう一度繰り返す。

好きではないと言っただけで、嫌いではない。

これ以上ウォルドに嘘をつきたくないリーゼロッテは、ひくり、と肩を震わせて口を開いた。

「……嫌い……では、ありま、せん……」

「ん。そうか」

好きではないだけだ。

そう続けようとしたのだが、それよりも先にウォルドに身体を軽々と抱き上げられてしまい、リーゼロッテは口をつぐむ。

「そういうことなら、遠慮はしない」

それは一体、どういうことなのだろう。

きょとんとした顔で小首を傾げるリーゼロッテに口元を綻ばせ、ウォルドはバルコニーのほうへ振り返った。

「ここのドアを、閉めてくれないか？」

言われたとおり、バルコニーへ続くドアを閉めると、ウォルドは褒めるように頬へくちづけ、その足をベッドへ向けた。

城にいるときにあてがわれた寝室よりも狭いここでは、すぐにベッドへ辿《たど》り着《つ》く。これから自分の身に何が起きるのかわからないでいるリーゼロッテに、彼は唇を寄せてきた。

「んん？　あ、の、陛下……？　ん、んむ」

ついばむように何度となく唇を触れ合わせているだけで、心が甘くほどけていく。

ぴり、とした痺れが全身に巡ると、腰骨の辺りがざわつき始める。理性がとろりととけだしたところで、気づいたときにはベッドへ下ろされていた。

何がなんだか、わからない。

彼の唇が与えてくる快楽が、リーゼロッテから余計な思考と抵抗を奪った。

くちづけの合間にベッドの軋《きし》む音が聞こえても、それ以上に彼の唇がやわらかくて、気持ちよくてそれどころではない。ちゅ、ちぅ、ちゅぅ。ぬるま湯に浸かっているような快楽に包まれる中、リーゼロッテはそっと横にさせられた。

「……へい、か」

唇が離れていくころにはウォルドを見上げており、押し倒されている状況に疑問を持つこともなかった。

「リーゼロッテ」

互いの唾液で濡れた唇をぺろりと舐めて、ウォルドは妖艶に微笑む。

心臓がどきんと大きく音を立て、息苦しくなった。再び唇を押し付けられ、やわらかな感触に快楽を教え込まれる。

ほら、覚えているか、これが快楽《キモチイイ》だ。

そう教えるように、ウォルドの唇はリーゼロッテのそれを貪った。うっとりとした気分で彼の唇についばまれていると、胸を大きな手で覆われた。

「んんッ、あ、の、それは——んんぅ」

そんなことは気にするな、と言わんばかりに唇を塞がれる。

それだけで一瞬でも抵抗しようとした気持ちが、すぐに快楽で塗りつぶされた。ウォルドから与えられる快感に、心が甘く占められていく中、夜着越しに覆っていた彼の手がやわやわと指先を胸に埋める。

「んんぅ、ん、んんッ」

指先が埋まる感覚に身体が震え、腰骨の辺りからぞくぞくするものが這い上がってきた。

(……ああ、だめ、気持ちいい……ッ)

彼の指先と唇に翻弄されているのか、思考はすっかり快楽に染まった。

不意をついて差し込まれた舌は、リーゼロッテのそれに絡みつき、しごく。じゅるじゅると吸われ、こすれるところから甘さが滲《にじ》んだ。舌先からとろけていくような感覚の中、ウォルドの手が夜着を押し上げる胸の先端をかすめる。

「んん、んッ」

背中が浮き、身体の奥から蜜が溢れたのがわかった。

小刻みに身体を揺らすリーゼロッテの胸の先端を、彼はあろうことか指先でつまんでくる。

「んんんんんッ」

甘く痺れる強い刺激に耐えられるわけもなく、リーゼロッテは身体を揺らした。肌の奥に蓄積されていく快感が、熱を持って蠢く。それは身体の奥で出口を求めてさまよい始めていた。

「んぅ、ん、んーッ」

ちゅる。舌先をじゅるじゅると吸われてしまえば、思考が霧散する。

余計な力が抜けたところで、ウォルドの指先がリーゼロッテの乳首へ刺激を与えた。今度は弾くように指先を動かしたらしい。ぴん、と尖ったそこを、何度も揺さぶられて腰が跳ねる。

「んんぅ、ん、ん、んんんッ」

「……………リーゼロッテ」

吸われていた舌を解放したウォルドが、甘い声で囁く。

彼はリーゼロッテの頬を手で覆い、指先で目元の涙を拭ってくれた。はらりと落ちていく涙が熱を失っていくのを感じながら、リーゼロッテは呆けたまま彼を見る。

「今度は、俺の舌も吸って」

再び近づいてきたウォルドが、舌先を差し出す。そこへ素直に舌を絡めたリーゼロッテは、言われたとおりにしゃぶった。甘い。甘い果実を口の中へ誘い込むようにして、絡め含む。やわらかな唇も触れ、彼の指先に「それでいい」と褒めるように頬を撫でられ、うっとりしていたのも束《つか》の間《ま》。

「――んんッ。んんッ」

いまだ胸に添えられていた、彼のもう片方の手をすっかり忘れていた。

指先が快感を教えこむように、ぷっくり膨らんだ胸の先端を撫でさする。薄い夜着越しに伝わる指先のぬくもりと、愛撫がもどかしい。

それがウォルドに伝わったのだろうか。

「んんんッ、んーッ」

胸の先端を指の間に挟み、くりくりと転がされてしまえば、与えられる刺激に身体が小刻みに揺れる。恥ずかしい。彼の指先で弄ばれれば弄ばれるほど、そこは「もっとして」と訴えるように硬く尖り、彼の指を待ちわびて疼く。

「んぅ、ん、んぁ、んぅッ」

はしたない自分を知らしめる彼の指は、それでもなおその疼きを大きくさせた。指先で弾いてみたり、小刻みに揺らしてみたり、かと思うと、きゅ、とつまむ。もっと天へ向けさせるような動きでしごくように乳首を持ち上げられたら、腰が浮いた。

「んんぅ、ん、んんんッ……っはぁ、あ、あ、それ、それだめぇ……ッ」

「ん？　これか？」

もう一度、乳首を軽く持ち上げられ、喉を逸らす。

「あぁッ」

「それとも、これ？」

つまんだまま、指の間でくりくりと転がされた。

「あ、あッ」

「……どちらも、とても気持ちいい声をあげるから、どれがだめなのかわからないな」

ねっとりと、肌へ絡みつくような甘く低いウォルドの声に、腰骨の辺りがざわつく。じんわり火照った肌は、何かを求めるように熱を持った。どれもこれもが気持ちいい。恍惚とした表情で見下ろしてくるウォルドを、縋るように見つめた。

「……どうした？」

「陛下、……もう、だめ……です」

「何が？」

「……」

「何が、だめ？」

「………おかしくなっちゃい……ます。何も、考えられなく……」

「構わない」

「だめ、です。……私、は、私は……」

何を言おうとしたのだろうか。

快楽に侵され、溺れた思考では何がだめで何をわかってもらいたかったのか、靄《もや》がかかってよくわからない。思い出そうとするリーゼロッテの思考を遮るように、ウォルドの唇が重ねられる。それも、何度も、何度も。唇を舐めあげた舌先が、微かに開いた口の中へ入ってくる。

「んんッ」

舌を絡め取られて、吸い上げられた瞬間、もうどうでもよくなった。

じゅるじゅると吸われて口の中に甘さが広がり、好きなだけしゃぶられたあとは、目の前にいるウォルドしか感じられない。浅く呼吸を繰り返すリーゼロッテに微笑み、ウォルドは唇を舐めた。

「さて、なんの話だったかな？」

「……わか……りま、せ」

「うん。そうだね。いい子だ、リーゼロッテ。——そのまま、俺に堕《お》ちてしまえ」

何を言われたのか理解すらできない。

ただウォルドから与えられる愛撫に声をあげ、その声も奪うようなくちづけに翻弄される。

乳首を撫でさする指先からは甘美な刺激と快感が与えられ、何度も身体を震わせた。

ああ、だめ。これはだめ。気持ちよくて、たまらない。

そう思った直後、きゅっと乳首をつまみ上げられてしまい――頭の奥が弾けた。

「んんぅ、んんんん……ッ――ん、んん……ッ」

大きく身体が跳ねるたび、ベッドの軋む音が混ざる。やがて唇を離したウォルドが、未だ快感に身体を震わせるリーゼロッテの首筋へ、顔を埋めた。

「っやぁ……ッ」

首筋へ唇を押し付けたウォルドが、舌先でリーゼロッテの肌を舐めてから軽く吸う。まるで肌に痕を残すかのように、ウォルドはリーゼロッテの肌にくちづけていった。それは鎖骨を辿り、胸元を通り過ぎ、足の付根まで下りていく。まとわりつく快感に身体を震わせている間、彼はそっと夜着をめくり上げ、リーゼロッテの足を押し開かせていた。

「……陛下……?」

濡れそぼった秘所に吐息が当たったことで、自分に何が起きているのかを気づいたときには、もう遅かった。

「あ、待って、ま……、だめ、いけません、陛下がそんなとこ――ッあぁああ!!」

くちゅり。淫靡な水音とともに、ナカへ舌が差し込まれて腰が浮く。しかし、足の付け根をしっかりと手で固定しているウォルドは、いやらしい音を立てながらナカから溢れる蜜をすすった。ぬるりとした感触が入り口で蠢き、言葉にならない感覚にリネンを握りしめる。

「あぁッ、あ、あ、ぁんッ、やぁああ……ッ」

はしたなく声をあげるリーゼロッテをそのままに、ウォルドは容赦なく差し込んだ舌で出たり入ったりを繰り返す。そしてかわいがるように割れ目を舐め上げたあと、茂みに隠れている花芽を探り出し、それを舌先で転がした。

「あああああッ、あ、も、だめぇ……ッ。汚い……から、あ、あぁッ」

「大丈夫。リーゼロッテの蜜はとても甘いから、もっと溢れさせていいよ。すべて舐めとってやる」

「やぁ……ッ」

むき出しにされた花芽を指先で撫で、それから口の中へ含まれる。びりびりとした痺れが腰を跳ねさせ、リーゼロッテの力を奪った。まるで自分の身体ではないような感覚だ。そこをじゅるじゅるとしゃぶられると、奥が物欲しそうにひくつく。

ウォルドの指が、ナカへ入ってきた感覚を思い出しているのだろうか。

身体の奥が何かを求めて、蜜を溢れさせていた。

もう何がなんだかわからない。リーゼロッテが何かに追い立てられるような感覚に、リネンを握りしめる手に力を込めた瞬間――、腰が大きく跳ねた。

「んんぅ、ん、ん、んーッ」

ひくひくと身体を小刻みに揺らし、弛緩《しかん》した身体には余計な力が残っていない。

ベッドへ沈み込んだリーゼロッテが、どくどくと脈打つ心臓を落ち着けようと荒い呼吸を整えていると、彼がゆっくりと起き上がった。

「……」

口元を手の甲で拭い、恍惚とした表情で微笑んだウォルドは、涙で濡れたリーゼロッテを見下ろしてトラウザーズから己の欲望を取り出した。自分の足の間で何が行われているのか見えないどころか、度重なる快楽の奔流に自我を取り戻せないでいるリーゼロッテは、ただぼんやり彼を見上げることしかできない。

そこには、ウォルドだけだった。

自分の世界にいるのが、彼しかいないという錯覚に陥るリーゼロッテの秘所に、己を知らしめるようにして熱い塊が触れる。

「……陛下……？」

それはかすかにぴくりと動き、脈打っていることを伝えてきた。

割れ目の蜜を塗りたくるようにしてこすりつけてくるそれは、棒状で、熱くて、硬くて、少し引っかかるところもあって、リーゼロッテの知らない形をしていた。

「ん、んぅ、んッ」

蜜をまとったせいで、ぬるぬるとした感触が茂みに隠れた花芽も刺激する。

先端でぷっくりふくれたそこをこするように突かれ、撫であげられると、背中が浮いた。何度かそうして擦り上げたあと、その先端がナカへ入ろうと入り口に充てがわれる。

「……んんッ」

熱い塊の先端が蜜を伴い、リーゼロッテのナカへ少しずつ入ってきた。

「や、やぁ、何、なんですか……ッ」

熱くて、大きい。

リーゼロッテの濡れたそこを暴くように押し広げて入ってくる熱に、恐怖で身体に力が入る。

(怖い……、怖い、怖い怖い……ッ)

恐ろしいものが襲ってくるような感覚に、涙が浮かぶ。すると――リネンを握りしめる手を、優しい何かが包み込んだ。それが彼の手なのだと理解した瞬間、痛みによって閉じた世界にぬくもりがさした。

「……陛下……?」

「リーゼロッテ」

彼の声に胸が喜びで震える。

微笑んだウォルドが、覆っていたリーゼロッテの手をゆっくりほぐしてリネンを放させると、代わりに自分の手を握らせた。手のひらが重ねられ、指が絡みつく。ぎゅ、と彼に手を握りしめられた直後、ウォルドが覆《おお》いかぶさってきた。

「リーゼロッテ」

大丈夫。

そう伝えるように、優しい声で名を呼ばれる。

「……陛下」

今にも泣きそうになるリーゼロッテに苦笑し、ウォルドは額をこつりと付け合わせた。

「ウォルド」

「……」

「リーゼロッテに、名前で呼ばれたい」

「……」

「そのわがままも、許してはくれないのか？」

「……わがままでは」

「では、呼んでくれ」

強請《ねだ》るように唇を押し付けられてしまえば、もう抗うことなどできない。

リーゼロッテは繋いでいる手にぎゅっと力を込め、吐息が触れ合う先にいる彼の名を紡いだ。

「……ウォルド……さま」

おずおずと名を呼ぶリーゼロッテに、ウォルドは口元を綻ばせる。

「ありがとう、リーゼロッテ」

そう言って、笑った。

それがあまりにも嬉しそうで、今まで見たこともない顔で笑うせいか、胸が締めつけられる。

リーゼロッテは無意識に伸ばした手で、彼の頬を覆った。

「……そんなに、嬉しいんですか？」

「もちろん」

嬉しそうに言い、ウォルドはリーゼロッテの手のひらに頬をすり寄せた。

「俺はこれから、リーゼロッテにひどいことをする」

「……ひどい、こと？」

「ああ。ひどく痛い思いをさせてしまうだろう。……だから、痛かったり、つらかったり、苦しかったら、俺の名前を呼びなさい。俺も同じだけ、リーゼロッテの名を呼ぶから」

頬に添えたリーゼロッテの手を覆い、ウォルドは誓うようにその手のひらに唇を押し付ける。

「……俺はもう、自分の欲望をおさえることができない」

「ウォルドさま……？」

「リーゼロッテ――」

そっと、手のひらから唇を離したウォルドの唇が「あ」を形作ったところまではわかったのだが、そのあとすぐに唇を塞がれてしまい、彼が何を続けて言おうとしていたのか、わからなかった。

「んぅ……、ん――んんんッ!?」

うっとりと彼の唇に身体の力が抜けた直後、みち、とナカが押し広げられる感覚に、握りしめる手に力が入る。ナカを暴こうとする熱が杭《くい》のように、リーゼロッテの隘路《あいろ》を推し進んだ。

「んん、んぅ、んーッ、んんんんッ」

「……っは、リーゼロッテ……ッく、これは……キッい……な」

「あ、あ、ウォルドさま、痛い……です、熱くて、大きくて……ッ。壊れてしまいそ……ッ」

力んでいるせいか、息が詰まる。

どうしたらいいのかわからないまま、暗闇の中をさまよう迷子のような気持ちでいると、頭をそっと撫でられた。「大丈夫、ここにいるよ」そう伝えるような手のぬくもりに導かれるように、目を開ける。

「壊したりはしないさ……ッ」

そこに、愛しい人の顔があった。

「あぁ……ウォルド、さま……苦しそう……、痛い？　痛いのです、か？」

心配を露わにするリーゼロッテに、苦悶《くもん》に顔を歪めていたウォルドが苦笑する。

「……馬鹿だね。痛いのはリーゼロッテのほうだろう？」

「でも、ウォルドさまが……ッ」

「俺は平気だよ。……リーゼロッテの、っく、ナカに……ッ、入れるんだから……ッ」

さらに熱が奥へ向かい、腰が浮く。

「あぁッ！」

「すまない。リーゼロッテに痛い思いをさせて……」

「では、この熱は……」

「俺のものだ」

ああ、どうしよう。どうしたらいいのだろう。

今、自分のナカを暴いて推し進んでくる凶暴な熱が、彼のものだと知っただけで、喜びに胸が震えた。事前に母から閨《ねや》のことを教えてもらったが「陛下にすべてをお任せするのよ」としか言われなかったため、実際にどうなるのかなどの知識はないに等しい。

だからこそ、今自分に与えられるすべてが彼のものだと知り、嬉しさから涙が溢れ、幸せによって痛みが緩和されていく。さらに、ウォルドが気遣うように、何度も何度もくちづけてくれるのだから、愛しさが止まらない。

「リーゼロッテ、リーゼロッテ……」

くちづけの合間に甘く名を呼ばれては、握りしめる手はきつく、離さないと伝えてくる。もう片方の手は「大丈夫」だと労《いたわ》るように頭を撫でてくれた。ウォルドが全身でリーゼロッテを大事にしてくれようとしているのが伝わる分、愛されている、と錯覚してしまう。

（……お姉さま、ごめんなさい……ッ）

ウォルドの腕の中は、甘い夢を見せるのが上手らしい。

リーゼロッテは、己のカタチにしていく彼の熱に貫かれながら、姉への罪悪感とともにこの痛みまでをも覚えていようと思った。これが、夢ではないのだと知らしめてくれる痛みが、愛おしくもある。

「あ、あぁッ……。んんぅ、ウォルド……さま」

「あともうちょっと……、だから」

「んん、んぅ、んふ、んんッ」

唇を塞がれた直後、頬にあった手が腰へ添えられ、ぐっと貫かれる。

こつり、と最奥にウォルドの熱を感じたリーゼロッテは、腰を浮かした。

「……っはぁ、あ、……あぁッ」

熱い。

彼の熱を受け入れて初めて、今までの自分が空っぽだったことに気づく。脈打つ彼の熱をナカに感じ、身体を小刻みに震わせるウォルドをぼんやり見上げた。

「……リーゼロッテ」

「ウォルドさま……」

目元にたまった涙を指先で拭うウォルドが、嬉しそうに微笑む。

「もう、あなたは俺のものだ」

「……」

「俺は、リーゼロッテとこうなりたいからここにいる」

「……」

「……これでもなお、俺を城へ追いやろうとするか？」

嫌だ。

浅ましくも、心はそう即答した。こんな自分を知られたくない。そう思うリーゼロッテに、ウォルドは苦笑してくちづけてくる。

「……行かないでと俺を締めつけてくるなんて、あなたの身体は正直だな」

「ち、ちが……ッ」

「リーゼロッテ」

上半身を起こしたウォルドが、繋いだ手を掲げて、リーゼロッテの手の甲へくちづける。

「余計なことは考えるな」

「……」

「俺だけを感じていればいい」

穏やかな表情でそれだけ言うと、もう片方の手を握りしめて腰を動かし始めた。

「え、えッ、あ、あぁッ」

ずちゅ。繋がっているところから、出たり入ったりする際に水音が生まれる。浅く、深く入ってくる彼の熱が、最奥をこつこつと叩いた。肉壁をなぞり、自分のカタチを覚え込ませるような、ゆっくりとした動きだったが、それがまた腰骨の辺りをざわつかせる。

「あ、あ、あぁッ、ウォルド……さまぁ……ッ」

両腕の間に挟まれたふたつのふくらみが、穿《うが》たれるたび、ふるふると上下に揺れた。やわらかなふくらみの先端が、ぴんと尖って天を向いているのが、たまらなく恥ずかしい。目に涙を浮かべて羞恥に耐えるリーゼロッテを、ウォルドは恍惚とした表情で見下ろした。

その視線がまた、いやらしい。

自分でも知らないところを彼の熱で暴かれ、彼のカタチにされ、その熱で肉壁をほぐされていく。それだけで喜びに震える自分を見透かすような視線に晒されて、たまらない気持ちになった。

「あ、ぁッ、あ、……ん、あぁ……ッ」

「……いい声になってきた……、かわいいよ、リーゼロッテ」

胸を震わせる甘い声に、身体の奥から蜜が溢れて、水音が大きくなる。

小刻みに熱が出し入れされ、肉壁をいいこいいこと撫でていく。溢れている蜜のせいか、少しずつ何かが変わってくるのを感じた。

「んん、ああ、ウォルドさま……ッ」

名前を呼ぶリーゼロッテに、ウォルドは口元を緩ませてから手を離す。そして、少し前かがみになって、ふくらみを両手で覆った。

「ぁんッ」

ふに。指先が胸に埋まる感触に身体を揺らす。ウォルドは抽挿を繰り返しながら、今度はリーゼロッテの胸を丹念に揉《も》みこんだ。ナカをこする感覚と、胸を揉む快感が重なり、肌が汗ばむ。周囲に満ちていく水音を遠くに、リーゼロッテが何かを求めるようにウォルドを見つめた瞬間――きゅむ。

「ッあぁああッ！　やぁ、それ……ッ」

両方の乳首を指先でつままれてしまい、背中が弓なりになった。きゅむ、きゅむ、きゅむ。何度となく緩急をつけながら乳首をつままれ、リーゼロッテの思考は甘い快楽へ溺れていく。気持ちいい。おかしくなってしまいそうだ。溢れる蜜が、つながっているところから滴り、リネンに染みを作った。

リーゼロッテが喘ぐ痴態を嬉しそうに眺め、ウォルドはもうたまらないといった様子で覆いかぶさってくる。唇を強請《ねだ》り、触れ合わせてリーゼロッテの嬌声や吐息を奪うと、腰の動きを速めた。

「んんぅ、ん、んふ、ん、んぅッ」

「……ッあー……すごい、リーゼロッテ……、気持ちいい……ッ」

「あ、あ、……ウォルド、さま……ッ」

「リーゼロッテ、そんなに締めつけて……、ああ、かわいい。かわいいね、我を忘れて欲しがってしまいそうだ……ッ。乳首をこんなに硬くして……、そんなに触ってもらいたかった？」

嬉しそうに、勃ちあがった乳首を指の間で挟み、くりくりと転がされてしまい、はしたない声があがる。

「ああッ。ウォルドさま、……ウォルドさまぁ……ッ」

「うん。リーゼロッテ」

求めるリーゼロッテの声に、答えるように優しく囁く。

ウォルドの腕の中で、どんどん彼に自分を変えられていくのがわかる。ナカも、心も、彼の熱や硬さ、声を聞くたびに砂糖菓子のようにほどけていった。触れ合うところから唇がとけあうような感覚になり、ウォルドの指先が乳首を小刻みに揺らすと、身体に蓄積された快楽が出口を求めてさまよい始める。

それは、リーゼロッテの小さな身体を暴れるように駆け巡った。

「……ッやぁ、あ、あ、怖い……、怖い……ウォルドさま……ッ」

「ん？　何も怖くないよ。リーゼロッテ、大丈夫。俺がそばにいる」

「ん、きちゃいます……ッ」

「ああ、そうだね。俺を嬉しそうに咥えているここが、……っく、すごく締めつけてくるよ」

「ウォルド……さま、ウォルドさまぁ……ッ」

「少し、早くする」

リーゼロッテの胸から手を放し、ウォルドは彼女の細い腰を持ち上げる。屈強な太もものうえに臀部《でんぶ》を乗せるような体勢で角度を変えて貫かれると、目の奥がちかちかした。

「あ、あぁあッ、あ……ッ！」

振り落とされないようウォルドの背中に腕を回し、最奥を求める彼の熱に高みまで一気に押し上げられる。

「ん、んッ、んん……ッ」

頭の奥が白く弾けると大きく腰が跳ね、何度となく身体が震えた。

身体を小刻みに揺らして、彼にしがみついていた両腕をベッドへ放り出す。ウォルドは何かを堪えるように身体をかすかに震わせたあと、上半身を起こして己のシャツに手をかけた。

「……」

ぼんやり見上げたウォルドは、そのたおやかな身体をさらしてシャツを脱ぎ捨てる。程よく鍛えられた上半身にときめいてしょうがなかった。その視線に気づいたのだろうか、ウォルドがリーゼロッテを見下ろす。

「ん？」

どうした。

そう問いかけてくる彼に、リーゼロッテは呆けた声で答える。

「……美しくて」

一瞬、目を瞠ったウォルドが、困ったように笑った。

「それ、一昨日の晩にも聞いたな。……そんなに俺は美しいか？」

「……はい」

「俺は、リーゼロッテほど美しい女性を見たことはないんだがな」

「え？」

「んーん？　なんでもない。そんなことより、腕を上げてくれないか」

言いながら、リーゼロッテの夜着を掴んで上に引き上げる。

素直に腕を上げて協力してしまったのは、身体が熱かったせいだ。そう自分に言い訳をして、互いの肌を触れ合わせる。覆いかぶさってきた彼の身体を抱きしめ、しっとりと汗ばんだ肌がくっつくだけで、幸せな気持ちになった。

「続きをしよう」

耳元でそっと囁かれた低く甘い声に、きゅっと心臓が締めつけられる。

「もっと、リーゼロッテがほしいんだ」

耳たぶを食み、舌先で舐められると、ぞくぞくしたものが背中を這い上がってきた。

ナカにいる彼の熱が少し大きくなった気がしたのだが、それを気づかせないようにするためなのか、彼の腰は早々に動き始めた。

淫猥《いんわい》な水音を響かせながら、ウォルドの熱はリーゼロッテのナカを穿つ。

「あ、ぁあッ」

じゅるじゅると耳たぶを舐めしゃぶる音と、繋がったところから響く水音の聞き分けがつかない。互いの熱を抱きしめたまま、彼の唇は耳から離れてリーゼロッテの唇へ触れた。

「んんぅ、んんッ」

どちらからともなく舌が絡み合い、触れるところから甘くなっていくと、再び何かに追いかけられるような感覚がやってくる。

「ん、んふ……、ん、ふぁ、……ウォルドさま……ッ」

助けを求めるように彼を見上げると、ウォルドもまた苦悶に顔を歪めていた。

「んん、っく、はぁ、ん、……ああ、リーゼロッテ、そんなに締めつけたら、我慢できなくなる……ッ」

苦しげに吐き出されたウォルドの声を遠くに、リーゼロッテはただ喘ぐことしかできない。気持ちいい。どうしよう。わけがわからなくなる。戸惑いにも似た感情が胸の中で渦巻き、腰の動きが速くなると、まとわりつく快感がリーゼロッテの肌を敏感にさせた。

最奥を求めるウォルドの熱が、もっともっとと奥を目指すたび、リーゼロッテは腰を上げ、甘い声をあげる。もうだめだ。何かがやってきてしまう。

「……ッやぁ、もう、ウォルドさま……、ウォルドさま……ッ！」

「っく、あぁ……リーゼロッテ……ッ」

肌がざわつき、何かに呑《の》み込まれそうになった瞬間、

「――リーゼロッテ、かわいい。俺のリーゼ」

ウォルドの甘い声が、リーゼロッテの敏感になった肌にまとわりつき、それが引き金になった。甘やかすような声に求められるまま、リーゼロッテは彼の熱に突き上げられ、快楽の奔流を受け入れる。

「あ、あぁ――ッ」

「んん、っく、あ、ぁ、……出……る……ッ」

ぎゅっとリーゼロッテをきつく抱きしめ、ウォルドは二、三度腰を強く打ち付けた。

「んんッ、あ、あぁッ」

どくん。繋がっているところから大きく脈打つ音が伝わり、大量の熱が吐き出される。爆《は》ぜたウォルドの欲望が、リーゼロッテのナカを満たしていった。

「ん、んッ……っはぁー……」

小刻みに揺れるリーゼロッテの身体を抱きしめながら、どく、どくと脈打ち、注がれる熱はしばらく続いた。ウォルドもまた身体を引くつかせ、すがりつくように首筋に顔を埋める。その背中を労るように、リーゼロッテは愛しさに突き動かされるまま手を回した。

（……ウォルドさま）

触れ合う肌から伝わってくる胸の鼓動にあわせて、彼の頭を撫でる。

よしよし、と。

「…………リーゼの手は、気持ちがいいな」

「え？」

「リーゼロッテに撫でられると、すぐに眠くなる」

「そう……なのですか？」

「ああ」

穏やかなウォルドの声がやがて聞こえなくなり、互いの鼓動が重なり合うころには、リーゼロッテの意識も自然と落ちていった――。

そして、次に目が覚めたときには、

「…………………あれ？」

抜け出したはずの城へ戻っていた。

（……私、家に帰ったはずじゃ……？）

天蓋を見上げ、夢でも見ていたのだろうかとぼんやり考える。

何が夢で、何が現実なのかがわからない、夢うつつな状況の中で、自分の記憶を辿ろうと上半身を起こした。

「――目が覚めた？」

気だるい身体を不思議に思う間もなく、聞き慣れた声がしたほうへ視線を向け、リーゼロッテはその場で固まる。

静かに本を閉じ、顔を上げた声の主と目があう。

「おはよう、リーゼロッテ」

「……お、おは、おはようございます。ロゼリアお姉さま」

リーゼロッテの眠っていたベッドの傍らに、姉の姿があった。

第四章　幸福の門

一瞬、自分の身に何が起きているのか、理解できなかった。

「……お姉さま」

そばにいる姉を見つめ、とろりとしたものがナカから溢れ出る。その瞬間、昨夜の記憶がまざまざと蘇った。

（そうだわ、私、昨夜陛下と……ッ‼）

ナカに注がれた熱の感触も、肌に触れた彼のぬくもりも、すべて身体に残っている。リーゼロッテは、突然現実を突きつけられたような気分で姉を見た。

「あの、……お姉さま、わ、私……ッ」

どう謝ればいいのだろう。

伝えなければいけない言葉はわかっているのに、なんて言えばいいのかわからない。あわあわと慌てるリーゼロッテを前に、ロゼリアは椅子から立ち上がり、手を振り上げた。

「え」

気づいたときには――、ぺちん、とかわいい音で頬を叩かれていた。

目を瞬かせて、何が起きたのかを理解しようとするリーゼロッテの前で、ロゼリアの目にみるみる涙がたまっていく。

「リーゼの、馬鹿！　大馬鹿者……ッ！」

それだけ叫ぶと、ロゼリアはリーゼロッテの身体を思いきり抱きしめた。ぎゅぅ、と腕に力を込めて、縋るように顔を擦り付けてくる。ロゼリアの手はリーゼロッテの背中と頭の後ろに添えられ、その存在を確かめるように撫でた。

「どれだけ心配したと思ってるの！」

「……え、え？」

「ここ最近、人さらいとか、素行の悪い人間が街を闊歩《かっぽ》してるっていう噂があるのに、不用意にひとりで家へ戻るなんて‼　何かあってからでは遅いのよ⁉」

「……お姉さま……？」

「あなたが、ひとりで家へ戻ったとキャシーから聞いて、どれだけ心配したことか……！　何が、陛下と一緒にいて、よ。陛下と一緒にいるべきなのは、陛下の婚約者なのはリーゼロッテなのよ⁉　私に黙って、勝手にいなくならないでちょうだい！」

抱きしめてくる腕の力の分だけ、ロゼリアが心配していたことを理解する。

（こんなにも心配させていただなんて……）

ウォルドのことも含めて、ロゼリアには申し訳ない気持ちで苦しくなった。

「……ごめんなさい」

「謝ったって、しばらく許してあげないんだから……!!　この私を泣かせるなんて芸当ができるのは、この世でリーゼぐらいだわ！　まったくもう、心配かけて……！」

再び、苦しいぐらいに抱きしめてくるロゼリアの優しい腕の中で、リーゼロッテは罪悪感から涙が浮かんでくる。

「ごめんなさい……、ごめんなさい、お姉さま……ッ」

「……まったく、無事だったからよかったものの」

「違う、違うの……！」

ロゼリアの身体をそっと自分から引き離し、リーゼロッテは涙ながらに訴えた。

「私、お姉さまを裏切ってしまった……！」

「……え？」

「わ、わた、私、昨夜……ッ」

きょとんとするロゼリアを前に、それ以上の言葉が出てこない。

ちゃんと言わなければいけないのに、喉が張り付いたように動かなかった。あぅあぅ、と口を開けたり閉めたりを繰り返すリーゼロッテに、ロゼリアが怪訝《けげん》な顔をする。

「…………もしかして、陛下とひと晩一緒にいたことを気にしているの？」

まさに、リーゼロッテが言わんとしていることだった。

リーゼロッテは目を大きく見開き、ぽろぽろと涙をこぼして顔をくしゃくしゃにした。泣きながら、何度も頷く妹を前に、ロゼリアは「はぁ」とこれみよがしにため息をつく。

「……どうして、私が陛下のことを気にしなくちゃいけないのよ」

「だ、だって……、お姉さまは陛下のこと……！」

「好きだって？　誰がそんなよけいなことをリーゼに言ったの」

「誰も言ってないし、聞いてない！　……でも、お姉さまは優しいから……！」

「……妹のために身を引いたって思ったの？」

こくり。頷くリーゼロッテに、ロゼリアは盛大にため息をついた。

「あのねぇ……、私がそんな殊勝な人間じゃないことぐらい、リーゼがよく知っているでしょう？　いくら妹が長年想いを寄せていた相手だとしても、私は好きになったら最後、その気持ちは嫌でも譲らないわよ、たぶん」

「え？」

「……んー、今ちょっと、そういう状況を想像してみたのだけれど、そもそも私がリーゼロッテと同じ男を好きになるとは思えないのよね。……うん、そんな気がする。あー、だから、つまり、私がかわいい妹の恋心に気付くことはあっても、その相手を好きになることはないってことよ。うん、むしろ、嫌。リーゼロッテの愛を一身に受ける相手だもの、好きになれるはずがないわ。無理よ、むーり」

「……え？　ええ？」

ロゼリアの言っている意味がわかるようで、わからない。

わかるのは、やはり姉には自分の気持ちを見透かされていたことぐらいだ。戸惑いを露わにするリーゼロッテに手を伸ばし、ロゼリアは、目元にたまった涙を指先で払ってくれた。

「私、本気で陛下に興味ないから」

真剣な表情で、言う。

「あのね、そもそもこの話を破談にしたいって言い出したのは私なのよ？　興味があったら、破談になんてしないわ。それに私は、愛のある結婚がしたいの。それは、私が相手を好きになれるかどうかっていうのと、その逆も大事な部分なの。だから」

ふ、と表情をやわらげたロゼリアが、呆けるリーゼロッテに微笑んだ。

「リーゼロッテは安心して、陛下といちゃいちゃしていいのよ」

額をこつりと付け合わせ、ロゼリアはリーゼロッテの頬を覆った。

「変に勘ぐったり、誤解したりしないで」

その優しい声に、少しずつ胸がいっぱいになる。

「わかった？」

念を押すように言われ、リーゼロッテはそれを素直に受け入れた。

頷くリーゼロッテを確認してから、ロゼリアは額を離す。

「――そういうわけだから、遠慮なく陛下に自分の気持ちを伝えるようにね」

「……え？」

「せっかく、大好きな人と一緒にいるのだから、リーゼからも好きって言葉にしなくちゃだめよってこと」

「さて、と。リーゼロッテへのお説教も終わったことだし、私はそろそろ家へ戻るわね」

泣いて赤くなった鼻の頭をちょんとつつき、ロゼリアが花のように微笑む。

「え、もう……!?」

「あのねぇ、リーゼロッテが陛下と一緒に戻ってくるまで、私はあなたの代わりにこの部屋にいたのよ？　心配のしずぎでなかなか眠れないし、お肌の調子が悪いったらないわ。それに、やっと安心したせいか、今頃になって眠気がきたから早く寝たいの。自分のベッドで」

「ご、ごめんなさい……」

「……いいわよ。身代わりにされるほうの気持ちが、よくわかったから」

「え？」

「私、振り回すのは好きだけれど、振り回されたことがなかったから、今回のことでとても勉強になったわ。いつもあんな思いをさせていたなんて、知らなかった。身代わりなんて振り回されるほうにも愛がなくちゃ、やってられないのね」

誰に言うでもなく、どこか納得しながら言うロゼリアがリーゼロッテの額へくちづけをする。

「愛してるわ、私の大事なリーゼロッテ」

ふふ、と花が香るような微笑みを見せてから、ロゼリアは出て行った。

その背中を見送りながら、リーゼロッテはどこか置いてけぼりをくったような気分になる。

まだ額に残っている姉の唇の感触に優しさを感じ、口元を綻ばせた。

「……私も、愛しているわ。お姉さま」

額をそっと指先で撫でてから愛を紡ぐ。

（お姉さまには、すんなりと言えるのにね）

はあ、とため息を漏らしたリーゼロッテは、頭を抱えそうになった。

「……困ったわ」

好きだと言葉にしたほうがいい。

そうロゼリアに言われたが、昨夜〝好きではない〟と泣いて訴えた手前、そう簡単に〝好き〟だなんて言えるわけがなかった。

（……どうしよう）

自分の早とちりのせいでこうなったのを理解している分、よけいにたちが悪い。解決策が浮かばないまま、リーゼロッテはベッドから下りようとしたのだが、すぐに腰を下ろした。

「――おはようございます、リーゼロッテさま。先程、ロゼリアさまを見送りましたが、まだベッドの上にいらっしゃるのですか？　そろそろお支度をして、朝食を食べに食堂へ行かないと、またアンナさまに嫌味《いやみ》を……って、どうかなさいました？」

その場から動けないでいるリーゼロッテの様子にようやく気づいたのか、キャシーが小首を傾げる。なんて言えばいいのかわからないが、何か言わなければいけないのだけは理解していた。

「…………あの」

「はい？」

「その、ど、どうしたらいいのかわからないの」

昨夜注がれた彼の残滓《ざんし》が流れて、リネンを汚していく。そこから先、どう対処すればいいのかわからなくて、リーゼロッテはキャシーに助けを求めたのだった。

所変わって、食堂。

（――……さっきは恥ずかしかったわ……）

食事を終えたリーゼロッテは、食後の紅茶を飲んでいた。

飲み干したティーカップをソーサーへ戻し、キャシーが寝室に来てからの状況を思い出す。

あれから、リネンの汚れを目にしたキャシーは、表情を変えないよう冷静に対応してくれた。

が、明らかに嬉しそうな様子を前にして、リーゼロッテは恥ずかしくてしょうがなかった。

祝福してくれるのはありがたいが、なんとも複雑な心持ちになるのは、たぶんまだ自分が正式な婚約者ではないからだろう。

ウォルドが婚約者を選ばない限り、婚約者（仮）《カッコカリ》か、婚約者候補止まりだ。

それを素直に喜んでいい状況なのか、リーゼロッテにはいまいちよくわからなかった。

ただ、ロゼリアのウォルドに対する気持ちを聞いてからは、心が軽い。自分の心のままに、ウォルドを好きでいていいのだと思うと、幾分気持ちは楽になった。

「リーゼロッテさま、そろそろお時間です」

「え？」

「今日は、執務室へ行く予定ですよね……？」

傍らにいるキャシーの声で、今夜はウォルドと一緒にいる日ではないことに気づき、リーゼロッテは慌てて立ち上がる。

「あ、そ、そうだったわね。ごめんなさい、ぼんやりしていて……」

「いえ。お茶とお菓子の準備はできておりますので」

大丈夫ですよ、と伝えるように、キャシーは微笑んでくれた。

すると、今まで黙ってお茶を飲んでいたアンナが顔を上げる。

「侍女も大変ねえ、予定も覚えていない主人を持って」

「……」

「あなたにロゼリアの代わりが務まるのか知りませんけど、せいぜいがんばりなさいな」

悪意を、それもわかりやすい敵意を向けられていることは、よくわかった。

嫌味を聞き流すことも大事なのだと、以前ロゼリアから教えられたことを思い出し、リーゼロッテは毅然《きぜん》とした態度でアンナに微笑む。

「ご忠告、ありがとうございます」

リーゼロッテに他意はなかったが、怒りか、羞恥からか、アンナはみるみる顔を真っ赤にさせていく。それ以上何も言わず、リーゼロッテは会釈をしてから、食堂を出た。

キャシーが用意してくれたワゴンを押して執務室へ向かったリーゼロッテだったが、ドアの前でエリアスとばったり会う。

「……おや、リーゼロッテさま」

「こんにちは、エリアスさま」

微笑んで挨拶をするリーゼロッテと、ワゴンを交互に見て、エリアスは納得したように頷いた。

「そうでした、本日はリーゼロッテさまが、執務室で陛下とお過ごしになるのですね」

「はい。エリアスさまは、これから外出でしょうか……？」

先ほど、執務室から出てきたエリアスの姿を思い出し、問いかける。

「ええ。少し、人と会うことになりまして……」

「そうですか。お菓子もあるので、一緒に、と思ったのですが」

「それは、またの機会にとっておきましょう。陛下は中においでですので、お入りください」

言いながら、エリアスがドアを開けてくれた。その紳士的な態度に、リーゼロッテは素直に感謝する。

「はい？」

「ありがとうございます、エリアスさま。それから」

「いってらっしゃいませ、お気をつけて」

にっこり微笑むリーゼロッテに、エリアスは一瞬目を瞠ったが、すぐに目元を細めてくれた。

「いってまいります」

微笑むエリアスが、リーゼロッテの耳元へ唇を近づける。

「早く中に入らないと、ミアが逃げてしまうかもしれませんから、気をつけてくださいね」

それは大変と思い、リーゼロッテは足元を見た。

白い姿は見当たらなかったが、顔を上げたところでエリアスの姿はそこになく、廊下の先にあった。リーゼロッテはワゴンを押して執務室へ入り、すぐにドアを閉める。そして、ミアとウォルドの姿を探したのだが。

（あれ？）

執務机に、ウォルドの姿はない。

（いらっしゃらない……わけではないのよね？）

首をひねるリーゼロッテだったが、周囲を見渡してようやくウォルドの姿を見つけた。隅のソファで横になっている彼へ近づき、思わず口元を綻ばせる。

「まあ」

気持ちよく眠るウォルドの腹部で、ミアが両足を織り込んで座るように眠っていた。ふわふわもふもふの毛並みに触れたかったのか、はたまたミアの身体を支えているのかわからないが、ウォルドの手はミアの身体に添えられている。

見ているだけで、幸せになる光景がそこにはあった。

あどけない寝顔を晒す無防備な国王を見下ろし、リーゼロッテは微笑んだ。彼の胸から腹部にかけて座るようにして眠っているミアの耳が、ひくひくと動く。リーゼロッテは、極力音を立てないようその場でしゃがみ、幸せそうなウォルドの寝顔を見つめた。

何度か一緒に夜を過ごしているが、彼の寝顔は一度も見たことがない。ロゼリアとして会った夜も、彼の目元を手で覆っていたせいで、寝顔は見ていなかった。

（……これは、アンナさまが自慢するのもわかる気がするわ）

だって、とても美しい。

物珍しさと新鮮さと、それから瞳を閉じてもなお美しいウォルドの美しさに、心と視線が奪われる。

胸いっぱいに〝愛しさ〟が、溢れた。

「……ウォルドさま」

名を紡いだつぶやきは、思いのほか甘く響く。

「今は、私だけの……」

リーゼロッテは咄嗟に指先で己の口を覆うと、胸元にいるミアへ視線を向けた。きょとんとした蜂蜜色の瞳が「どうしたの」と語りかけてくる。

「なんでもありません」

これ以上、リーゼロッテのせいで、ミアの眠りを妨げるのは本意ではない。

リーゼロッテは静かに立ち上がって、周囲を見回した。ショールのように、何か上にかけるものがないかを探す。が、それらしいものは見当たらなかった。

そのかわり、隣の部屋へと続くだろうドアを見つける。

あそこになら、何かあるかもしれない。

そう直感は働くが、勝手に、部屋の主の許可も得ずドアを開けるのは憚《はばか》られる。働いた理性にその場で足を縫い留められたリーゼロッテへ、声がかかった。

「あそこは、俺の寝室だ」

突如聞こえた声に驚き、ソファへ向き直る。

ウォルドが上半身を起こした拍子に、ミアが軽やかに彼の上から下りた。たし、と着地したミアは興味をなくした様子で、てってって、と歩いていく。ウォルドはソファに座り直し、呆けるリーゼロッテの手を掴んで引き寄せた。

「わわ」

立ち上がったウォルドは、掴んだ手を上にしてダンスを踊るようにリーゼロッテをくるりと回転させ、ソファへ座らせる。一瞬のうちに立ち位置が反対になったリーゼロッテは、魔法にでもかかったような気分で、ウォルドに見下ろされていた。

リーゼロッテの手を離した彼は、呆ける彼女の頬を手の甲でひと撫ですると、その手をソファへ押し付ける。そしてもう片方の手でリーゼロッテの髪をひと房掴み、そこへくちづけた。

「……申し訳ないが、ここの寝室は王妃しか入れてはいけない決まりなんだ」

「王妃さま……だけ？」

「ああ。夫婦の寝室は別に設けてはいるものの、公務が忙しくなると、執務室《ここ》へこもりがちになるからね」

そういうことなら、リーゼロッテは入ることができない。

勝手に入らなくてよかったと安堵するとともに、あやふやだった〝王妃〟という存在が、急に目の前をちらついた。

「それで、身体は大丈夫なのか……？」

一瞬にして、昨夜の記憶が肌の火照りとともに思い出される。

初めての痛みと熱と、ナカを満たす感覚。

甘く疼いた下腹部をそのままに、リーゼロッテは羞恥を堪えて頷いた。

「だ、大丈夫……です」

「昨夜は無理をさせた」

「いえ！　……初めて……だったので、無理をしたのかどうかもわかりませんし……、その、だから、大丈夫です」

「……なにがだからなのかはわからないが、ありがとう」

そう言って、ウォルドが頭の後ろを優しく撫でてくれる。

「さてと、リーゼロッテ」

「は、はい」

「あなただけが俺の寝顔を堪能するのは、ずるいと思わないか？」

何を言われたのか理解できず、突然のことにリーゼロッテはまばたきを繰り返す。目の前のウォルドは、その仕草もかわいいな、と言いたげに微笑んだ。

「俺も、あなたを愛でたいんだが」

「え？　あ、の、ちょ——ッんんぅ」

近づいてくるウォルドの唇を拒否することはできず、言葉の途中で唇を奪われた。ぴったりと重なった唇、ぬるりと入りこんできた舌の感触に、腰骨のあたりがすぐに疼く。

「ん、んぅ、ん、んんッ」

すぐに思考が快楽へ取って代わられ、頭の中が〝気持ちいい〟で満たされていった。

触れ合うところから甘さがにじみ、昨夜、身体にしつけるように刻まれた快楽が蘇ったのか、肌がすぐに熱くなる。身体から少しずつ力が抜けていくのを感じたところで、唇が離された。

「……ん」

互いの唾液で濡れる唇をぺろりと舐め、ウォルドが妖艶に微笑む。

「そんなに物欲しそうな顔をされたら、たまらない気持ちになる」

「……いけません」

「おや、何が?」

「お休みに……」

「ああ、休んでいたとも。リーゼロッテがくるまでは、な」

「……え?」

「少しソファで横になったらミアが腹の上に乗ってな。そのままひと眠りしていたところだ。

リーゼロッテが部屋に入ったときには、起きていたよ」

「あ」

「謝らなくていい。人の気配で起きるのは、いつものことだ。相手がリーゼでなくても起きてしまうのだから、自分のせいだと思わないでほしい」

髪を離した手で頬を撫でる優しい手つきと、その視線に何も言えなくなる。

「……それに言っただろう？　リーゼにこうして触れているだけで、俺は幸せになる、と」

小さく頷いて応えたリーゼロッテに微笑み、ウォルドは額をこつりを付け合わせた。

「ところで、続きをしても？」

「……続き？」

「ああ。いくら寝たふりをしていたとはいえ、寝顔を見られたのだ。俺だって、リーゼロッテのかわいい顔を愛でるぐらい、いいだろう？」

「え？」

「さあ、俺でいっぱいになる顔を見せてもらおうか」

急に声が甘くなったと思ったら、唇を塞がれる。

「んんぅッ、んんーッ」

やわらかな彼の唇と舌が、リーゼロッテの快感を引きずりだすように動き、先ほど灯された微熱が蘇った。やっとはっきりしてきた思考が、使い物にならなくなるのも時間の問題だろう。

「んん、ん、んーッ……ん、ぅ」

じゅるじゅると舌をしごかれ、指先で優しく耳を撫でられる。

甘い水音が周囲に満ちていくのを感じたら、頭の中はもうウォルドでいっぱいになった。

「……っはぁ、はぁ……、ウォルド……さま」

「ん。いいね。とろけてきた」

褒めるように頬を指先でくすぐったウォルドは、その手で首筋を辿る。火照った肌に、ぞくぞくとした感触が走り、身体が小刻みに揺れた。

「んんッ」

「もっと、見たい」

耳元で強請るように甘く囁かれると、腰骨の辺りが疼く。

「ドレスの裾を上げてくれないか?」

ひどくいやらしい声が、身体にまとわりつくようだった。

「そんな……こと……」

「見せて?」

耳に吹き込まれる吐息とともに懇願されてしまえば、快楽に侵された曖昧な思考では抗うことができない。頭の奥で理性が「はしたないことをしてはいけない」と警鐘を鳴らすのだが、ウォルドが肌にくちづけて快感を与えるせいで、届かない。

彼の優しい愛撫と甘い声に導かれるまま、リーゼロッテはゆっくりと掴んだドレスの裾を上げていった。膝まで上げたところで動きを止める。

「誰がやめていいと言った?」

言外に、もっと上げろと言うウォルドに、快楽に侵されたリーゼロッテは従うしかなかった。徐々に上がっていくドレスの裾は、とうとう足の付根まで上げられた。これ以上は無理だというところまで裾を上げ、羞恥に頬を赤らめる。

「……ウォルドさま」

許して、と懇願するように涙目で訴えると、彼は嬉しそうに笑った。

「いい子だ」

羞恥で涙目になるリーゼロッテを満足気に見つめ、ウォルドは褒めるように鼻の頭へくちづける。もうそれだけで羞恥がかすみ、近づいてくるウォルドの唇を待ちわびていた。

早く、早く触れたい。

吐息が唇にかかったのを感じ、その瞬間がやってくると思ったそのとき。

「あ、――んぅ、んッ」

下着の中に手を差し込まれてしまい、驚きの声をあげそうになった口を覆われてしまう。くちゅり。淫猥な水音がかすかに届き、秘所を濡らしていることを伝えてくる。ウォルドの舌に翻弄されて快感を与えられてしまえば、何も考えられない。

ついばむようなくちづけを何度も繰り返され、秘所を撫でさする指先は茂みの奥で膨れていた花芽を見つけだす。いいこいいこと撫でられただけで、かすかに腰が揺れた。

「ん、んぅ、んッ」

だめだ、気持ちいい。

唇を貪られ、絡みついてくる舌にしごかれて吸われる。深く、浅く、リーゼロッテの唇に触れ、舌を弄び、ウォルドは快楽を教え込んでいくようにくちづけを続けた。二分にされていた意識が唇へ集中し始めたところで、彼は秘所の浅いところを何度も出し入れしていた指先を、少しずつナカへ入れていく。

「ん、んんんぅッ」

肉襞を撫でる感触はわかるのだが、昨夜のような満たされた感覚はない。

それをどこか寂しいと思いながらも、リーゼロッテはナカへ入ってくるウォルドの指を素直に受け入れた。

「んんッ」

「……ああ。昨夜出したのが残っていたようだ」

唇を離したウォルドが、楽しげに言い、濡れた己の唇を舌で舐め取る。

「リーゼのとは違う感触が、かすかにする」

続けたウォルドは、ナカに入れた指を動かし始めた。ばらばらと不思議に動くのをナカで感じ、そこで初めて入れられた指が二本であることを知る。二本をばらばらに動かして肉壁を撫でられると、背中が弓なりになった。

「ん、あ、あぁ……ッ、そんな、ふうに……しちゃ」

「すぐに達してしまう？」

そんなことを言わないでほしいと視線を向けたリーゼロッテに、ウォルドは微笑む。

「悪い悪い。……そういう顔もかわいいな、と思って愛でていただけだ」

「ウォルドさまは」

「ん？」

「…………そうやって、女性を……口説くの、ですか？」

「んん？」

「かわいいって、何度も……、何度も」

ナカをかわいがる指が止まり、ウォルドが逡巡するように視線をあらぬほうへ向けた。リーゼロッテが呼吸を整えている間に、ウォルドの視線が戻ってくる。

「そういえば、さっきなんて言おうとしたんだ？」

「え？」

「今は、私がどうとか？」

彼が寝たふりをしているときのことを急に問われ、目を瞠る。

「なんでもありません」

「なんでもないわけ、ないだろう？」

「……」

「言わないのなら、ずっとこのままでいるか？」

ナカに指を入れられたまま、ということだろうか。

さすがにそれは嫌だった。エリアスがいつ戻ってくるかわからない状況で、執務室でこんな状態のままではいられない。それこそ、自分に課せられたことができなくなってしまう。

ああでもない、こうでもないと視線を彷徨《さまよ》わせていたリーゼロッテが、助けを求めるようにウォルドを見る。

「ん？」

屈託のない、爽やかな笑顔だ。――が、たぶん逃がす気はないのだろう。

ゆるやかに動き始めた指先が「早く言え」と言わんばかりに、肉壁をなぞる。ぞくぞくとした快感によって腰が揺れ、リーゼロッテはとうとう諦めた。

「……アンナさまが……」

「アンナ？　…………ああ、バルフォア家の娘のことか。彼女がどうした？」

「ウォルドさまが、アンナさまとも、夜を過ごしていることを思い出したんです」

「俺の寝顔を見ながらか？」

「……はい。それで、今、こうして無防備なウォルドさまの寝顔を見られるのは、私だけなのだと思うと……嬉しくて」

うまく言えない。これ以上、なんて言ったらいいのだろう。

どうしたらいいのかわからず戸惑っていると、ウォルドがリーゼロッテの肩に額を押し当ててくる。うなだれているような、何かを堪えているような、このままではウォルドの表情が見えない分、リーゼロッテは反応に困った。

「……ウォルドさま？」

「それで女の口説き方を聞いてきたのか」

つぶやいたウォルドが顔を上げて、再び視界に現れる。

「……俺は、本当のことしか言わない。リーゼロッテがかわいいから、そう言っただけだ」

苦笑したウォルドが、呆けるリーゼロッテの唇に軽くくちづけると、ナカに入れたままにしていた指の抽挿を開始した。

「ウォルドさま、あの……ッ」

出したり入れたりを繰り返すたび、淫猥な水音がナカの潤さとリーゼロッテのいやらしさを伝えてくる。羞恥で目に涙を浮かべてウォルドを見るが、彼は嬉しそうに見下ろすだけだ。

「まったく、あなたはかわいい人だ」

言いながら唇を寄せてきたウォルドに、すっかり口を塞がれてしまい、リーゼロッテは目を瞠る。が、ウォルドの舌が口の中に差し込まれてからは、頭の奥が痺れて、どうでもよくなった。

「ん、んぅ、ん、んんッ」

ナカを撫でる彼の指の動きも、少しずつ速くなる。

絡みついてくる舌から与えられる快楽と、ナカを刺激する指の動きに快感が止まらない。しだいに水音が大きくなり、溢れた蜜がドレスを濡らしていくのがわかった。舌をじゅるじゅるとしごかれ、吸われ、意識が甘くとろけていく。

もっともっと。

頭の奥で囁いた欲望によって、自然と手が彼のシャツを掴んだ。すがるような手つきでシャツを握りしめると、彼の唇が離れた。あ、と思ったときには目の前で、唇を濡らすウォルドがいる。

「……くちづけだけで、達しそうになっていたな」

嬉しそうに言うウォルドが、妖艶に微笑んだ。

もう、頭の奥がしびれてどうしようもない。ナカをこする二本の指が、もっと欲しくてたまらない。奥に届かないもどかしさと、ナカを完全に埋めない隙間がもどかしくて腰が揺れた。

「リーゼロッテ」

甘く名前を呼ばれた直後、

「――ん、あ、あぁああッ」

いきなりナカを激しくかき回されてしまい、悲鳴にも似た声があがる。

目にたまった涙が眦《まなじり》から落ちていき、頬を濡らす。それをウォルドが舐め取って、甘やかすようにリーゼロッテの唇にくちづけた。

「ん、あ、あ、やッ……、だめ……ッ。これ、これ、怖い……ッ」

いきなり何かにさらわれそうになる感覚に、恐怖が止まらない。

「ウォルドさま、ウォルドさまぁッ」

「大丈夫。俺はここにいる、ちゃんといるよ」

「あ、ああッ、あ」

「リーゼロッテ。……ああ、そうだ。俺を見て？　ここにいるだろう？」

「いる……、います」

涙ながらに告げると、ウォルドは口の端を上げて指の動きをいっそう速くした。

「あああッ、あ、あ、だめ、……きちゃう……ッ、ウォルドさま、ウォルドさま」

「何も怖いことはないから、リーゼの一番気持ちいいときの顔を、俺に見せて？」

その瞬間、花芽を親指の腹でぐりぐりと刺激されてしまい、身体の奥にあった熱が白く弾ける。見ないで、と言うよりも先に絶頂を与えられ、リーゼロッテは声にならない悲鳴をあげて、身体を何度か大きく震わせた。

「――ん、んッ、……ん、あ、……あぁッ」

それでもまだ快感が残っているのだろうか、小刻みに身体が揺れる。

ナカから指を引き抜いたウォルドは、リーゼロッテを強く抱きしめて隣に座った。呼吸を整えている間、ウォルドは優しくリーゼロッテの頭を撫でてくれた。

「……ウォルドさま」

「ん。いいよ、落ち着くまでこうしている」

気だるい身体をそのままに、リーゼロッテは頭を撫でるウォルドのぬくもりに安心して、意識を手放したのだった。

●・○・●・○・●

翌日。

リーゼロッテは夕食をほどほどに、立派な浴場で早々に湯へ身体を沈めていた。

「——はぁ。気持ちいいー」

朝からそれなりに身体を動かしていたせいだろうか、ほどよい疲労があたたかな湯によって癒えていくようだ。湯に浮かぶ薔薇の花びらを見て、ひと息つく。

（これで、少しは昨日の挽回《ばんかい》ができたかしら……）

昨日、執務室でウォルドに好きにされてからというもの、リーゼロッテは案の定ソファから動けなくなっていた。戻ってきたエリアスにも「想定内ですから、安心してください」と言われる始末だ。とはいえ、リーゼロッテの役目はウォルドの補佐。何もしないままというのも、申し訳ない。その旨を伝えたところ「陛下の機嫌がいいので問題ありません」と言うエリアスに、どうしても納得できなかったリーゼロッテは
『明日、今日できなかった分のお仕事をください……！』

と、泣きながら懇願した。

執務机から向けられる主の無言の圧力と、目の前にいる少女の無垢な視線の板挟みとなったエリアスは、困ったように息を吐き、リーゼロッテに仕事を与えた。

『では、薔薇園《ばらえん》の手入れをお願いいたします』

エリアスから言い渡されたリーゼロッテは、今日の昼間に与えられた義務をキャシーと一緒にまっとうしたのだった。

「……ねーぇ、キャシー？」

天窓から色濃くなっていく空を見上げ、背後の衝立《ついたて》の裏にいるだろうキャシーへ声をかける。

水音とともに反響したリーゼロッテの声に、ほどなくしてキャシーが答えた。

「はい」

「あなたも疲れたでしょう？　よかったら、一緒に入らない？」

「あら、だめ？」

声をかけた直後、背後で盛大にがたっと大きな音が聞こえ、彼女の動揺が伝わってくる。

「そ、そういう問題では……！」

「実家ではたまに一緒に入った仲じゃない」

「そ、そうですけれど……」

「ここのお風呂は広くて、とても気持ちがいいのよ。せっかくだから、入ってきなさいな。みんなには内緒にするし、恥ずかしいのなら、背中を向けたままで待っててあげるから」

ふふ、と笑ったリーゼロッテは、湯から両手を出して頭上へ掲げる。

「んーッ」

背中を伸ばすように思いきり腕を上げ、息を吐いて脱力した。

キャシーがくるのをのんびり月でも見ながら待っていると、床をぺたぺたと歩いてくる音が聞こえる。どうやら観念したようだ。

近づいてくる足音と気配を感じながら、リーゼロッテは彼女が湯に浸かるのを待っていた。ちゃぷ。湯の揺れる音と波紋が届き、少し奥へいるリーゼロッテの元へキャシーがやってくる。

もう振り向いてもいいだろうか。

顔を見る機会を見計らっているリーゼロッテの背後で、彼女が腰を下ろしたのだろう。リーゼロッテが伸ばした足の横に、背後にいる者の足が並んだ。――が。

（あれ……？）

なんとなくがっしりしているような気がして、首をかしげる。不思議に思ったリーゼロッテが振り返ろうとするよりも早く、背後にいる者から腹部に腕を回されて抱きしめられた。

「……ッ⁉」

背中に押し付けられた身体に、女性特有のやわらかさが感じられない。

（……というか、腰のあたりに何か……が……え？）

一瞬、思考が停止しかかったのと、耳元に唇が寄せられたのはほぼ同時だ。

「やはりリーゼの肌は、いいな。気持ちよくて、癒やされる」

そのひと言に、リーゼロッテは目を瞬かせた。

「陛下……⁉」

「ああ」

ぎゅ、と抱きしめる腕に力を込めて、ウォルドはリーゼロッテを背中から包み込む。

互いにまとうものが何もない裸の状態では、ウォルドの肌の質感や、やわらかさが直接伝わる。そのせいで、ドキドキと騒ぐ心臓の音が彼に聞こえはしないかと不安になった。

「あの、どうして……！」

「少し早めに公務が終わったんだ。それでリーゼロッテの姿を探したら、ここにいると耳にしてな……。少し顔が見たかっただけなんだが……、せっかくのお誘いを断るわけにはいかないだろう？」

「お誘い……？　って、あれは、キャシーを誘ったんです……！」

「ああ、そうだったのか？　それはすまない。誰を誘っていたのかどうかまでは、聞いていなかった」

たぶん嘘だ。楽しげな声に、白々しさを感じる。

表情が見えないせいで、嘘かどうかの見極めはできない。――が、表情を見たからといってリーゼロッテにウォルドの嘘は見抜けない気もする。

（……私には判断できないわ）

がっくりうなだれてしまいそうになるのを必死に堪え、リーゼロッテは腹部を覆っているウォルドの手に己の手を重ねた。すると、ウォルドが後ろから顔をすり寄せてくる。かすかに触れ合う頬から、愛しさが滲んで胸が痛い。

「あまり、優しくしないでください」

「……何がどうしてそうなったのか、教えてくれると助かるんだが」

苦笑するような声が言い、湯から出た彼の左手がリーゼロッテの頬を甘やかすように撫でた。手の甲から指先へ向かうような動きに優しさを感じて、なぜか泣きそうになる。

「リーゼ」

ほら、言って。

そう伝えるように、彼の手が頬をくすぐった。

「……私、ここへきてから失敗ばかりではないですか」

「んん？」

「黙って実家へ帰るだけでも礼を欠いた行動だというのに、あまつさえ陛下御自らが迎えにきてくださって……、それどころか、昨日は陛下が公務中だというのに、私紅茶を淹れることはおろか、陛下の膝の上にずっといて……。父が知ったら、顔面蒼白《そうはく》で膝から崩れ落ちて、そのまま伏すところです」

本当に、情けない。

「アンナさまは、婚約者候補として、いつでも優雅な振る舞いをなさっているというのに、私は……ああ、思い出したらすごく落ち込んできました……。ごめんなさい」

「こらこら、何を勝手に落ち込んでいる」

「だって」

「だっても、でももない。それに言わせてもらうが、あの日迎えに行ったのは俺がリーゼロッテと夜を過ごしたいと思ったからで、昨日は俺のせいで動けないリーゼロッテの代わりに、何かしてやりたかったから膝の上に乗せただけだ」

全部自分のわがままだと続けるウォルドだったが、リーゼロッテはそれだけではないような気がした。

「リーゼロッテ、最初に言ったはずだよ。姉の陰に隠れなくていい、と。それにリーゼロッテはリーゼロッテのままだから、かわいいのではないか」

「……陛下はいつもそうおっしゃいますが、そんなことはありません」

「本当のことを言ったまでだ。国王《オレ》がかわいいと言っているのに、どうしてこうリーゼロッテは信じてくれないのだろうな」

「私は、身の程を知っておりますから」

毅然と答えるリーゼロッテに、ウォルドが声を少し低くして続けた。

「では、アンナに俺の隣にいる権利をくれてやるか?」

その瞬間、嫌だと訴えるように、リーゼロッテは腹部で重ねている彼の手を握った。

それが〝王妃の座〟と言われたら、なんて答えていたかはわからない。ただ、ウォルドの隣に、そばにいるのが自分ではないと思うだけで、苦しさで胸がはちきれそうになる。

「だから、かわいいと言った」

ウォルドは、リーゼロッテの耳元に唇を寄せて続けた。

艶やかに囁く声が腰骨の辺りを疼かせ、心に甘い気持ちが広がっていく。

「……私の心を、試したのですか?」

「少し、な。俺を『好きではない』と言った、リーゼロッテの今の気持ちを知りたかった」

「……」

「多少は俺に好意を寄せていると、自惚《うぬぼ》れたかったのかもしれないな」

両手でぎゅっと抱きしめてきたウォルドが、額を肩に乗せ、つぶやいた。

「俺とて、……心を求めるときぐらい、ある」

今度は、切なさで息苦しい。

アンナさまにも、同じように心を試したのですか？

喉から出かかった言葉を、必死になって飲み込む。これをしていいのは、ウォルドだけなのだ。彼だけが、リーゼロッテとアンナの心を試してもいい立場だった。

最終的に、どちらを〝王妃〟として決めるのは、ウォルドなのだから。

「俺は、ずるい男だな」

「……」

「リーゼロッテの気持ちを知りたくて試すような真似《まね》をしたのに、己の心をさらけ出せないなんて」

「気になさらないでください」

「……」

「答えを出さなければいけないのは、ウォルドさまご自身です。その選択をするのに必要なことであれば、私は何をされても構いません。……そのための、期間ですから」

「……なるほど。リーゼロッテは、そこまで俺の心に興味はない、か」

はぁ、と息を吐くウォルドの声に、リーゼロッテは動揺を露わにする。

「そ、そういうわけではございません！　〝王妃の権利〟や、国に関することでエリアスさまに相談することはできても、最終的に決断をくださなければならないのは、ウォルドさまです。

国王として国の先頭に立つということは、その決断の責任を自分でとらなければいけないのだと、若輩ながら、なんとなく感じております。選択を間違えてはいけないという、緊張感もつきまとうのですから……、真剣になって当然です。ですから、ウォルドさまが判断をするにあたって、私の気持ちなど、よけいなことを言ってはいけないと思っただけなんです」

自分の心を言ったところで、芯の強いウォルドの判断が鈍るわけではないとわかっていても、伝えるべきことと、伝えなくてもいいことの違いぐらい、リーゼロッテにだってわかる。

どんなに彼のことが好きでも、最初から、彼の〝心〟を求めるつもりはなかった。

求めてはいけない、と戒めてきた。

でも、今はあんなに遠かった〝憧れの人《ウォルド》〟が、ここにいる。

それだけは真実だ。

「私は」

「……ん?」

「ウォルドさまがお決めになったことは、国の行く末を思ってのことだと、信じております」

ぎゅ、とウォルドの手を包み込む。

「ひとりで決断されるときは孤独を感じても、その決断にエリアスさまは寄り添ってくださるでしょう。それは皆もそうだと思います。重責に押しつぶされそうになって、孤独を感じたときは、そばにいる方々を思い出してください。……せ、僭越《せんえつ》ながら、私もその中におりますから」

その気持ちを、信じてほしい。

そう、願わずにはいられなかった。

「私とアンナさま、どちらを王妃に選んだとしても」

包んだ彼の手を持ち上げ、リーゼロッテはそれを胸元に押し付ける。

「私の心は、いつもウォルドさまのおそばにおります」

寄り添うことしか、リーゼロッテにはできなかった。

「……はぁ、困ったな」

「え？」

「リーゼロッテがかわいくてしょうがない」

「ウォルドさま、どうしてそうなったのかよくわからないのですが……」

「ん。ではせっかくだから、リーゼロッテのかわいさを教えてあげようか」

何がどうなって、そうなったのか。

ウォルドはひとりで納得したように言い、リーゼロッテの首筋にくちづけた。

「ひゃんッ」

急にやわらかな感触がするだけでも驚くというのに、かすかに肌を舐められる。ぞくぞくとした感覚に首を竦《すく》めて、変な声が出た。

「ウォルドさま……！」

「そういう声も、かわいいな」

ふふ、と笑った彼の手が、湯の中で動き始める。

胸元に押し当てていた手は、胸の間からゆっくりとふくらみをなぞり、下から持ち上げるように包み込む。もう片方の手は湯から出て、リーゼロッテの頬を覆うように、かすかに開いた口の中に指を入れてきた。

「あふぁう」

その数、二本。

口の中をいっぱいにさせる彼の美しい指先が、リーゼロッテの舌を弄ぶ。

戸惑う舌を指先で優しく撫でられ、腰骨の辺りがざわついた。くすぐったいような、気持ちいいような、むずむずとした感覚に力が抜ける。

「……ん、気持ちいいね」

耳元で囁く声が、いやらしい。

やわやわと胸を揉み、その感触を指先で楽しんでいるような手つきに、身体が揺れてしょうがなかった。湯の中だというのに、彼の指先に肌を撫でられるだけでぞくぞくする。

「ん、んふ、んんっ」

舌を撫でる指先が「こっちもあるよ」と言うように、舌の裏をこすり上げた。

ウォルドと舌を絡めているような錯覚を与えられ、リーゼロッテの咥内《こうない》は快感に染め上げられていく。口の端から溢れた唾液が流れ落ち、湯に波紋を作る。が、彼の手が胸を揉むたびに新たな波紋が生まれ、表面が落ちつくことはなかった。

「んんぅ、ん、ん」

「……リーゼロッテの胸、やわらかい」

「ん、ん、ん」

「ああ、ほら、俺の指が埋まると……うん、ぴんと尖ってきた……」

耳元で嬉しそうに説明するウォルドの声が、快感とともにまとわりつく。

そこを見なくても、胸の先端がさらに硬くなった気がするのだから、自分の身体は一体どうなってしまったのだろう。お願いだから、これ以上何も言わないでほしい。そう思うリーゼロッテとは裏腹に、ウォルドの指先は胸の先端をかすめるように弾いた。

「やんッ」

「ん、硬い」

教えてくれなくていい。

そんなことを言われてしまったら、よけいに意識がそちらへ向かってまた硬くなってしまうではないか。そんな反論を心の中でしても、彼には伝わらない。ウォルドはさらに硬くなった乳首を、今度は優しく撫でる。胸の先端から甘い痺れが走り、心にある反論や思考が一瞬にして快楽に溺れた。

「んん、んぅ、んーぅ」

だめだ、気持ちいい。

「ほら、リーゼのここ、こんなに硬くなって……」

囁く声に導かれるように、リーゼロッテは視線を胸元へ落とす。

ゆらゆらと揺れる湯の中で、白いふくらみの先をほんのり色づかせた突起が、ウォルドの骨ばった美しい指先に捉えられていた。きゅ。下から親指と人差し指で挟まれた突起から、快感がほとばしる。

「んんぅ、ん、んんッ」

背中が丸くなり、肩が小刻みに震えた。

きゅむ。もう一度、乳首をつままれてしまい、今度は背中がのけぞる。

「んんんんーッ」

喉を軽く反《そ》らせて、くったりと後ろにいるウォルドへ背中を預けると、彼は嬉しそうに囁いた。

「こんなにおいしそうに尖らせて……」

「んぅ、ん、んんんッ」

「本当にかわいい。リーゼも見てごらん。俺の指を喜んでいるところ」

頭の奥がぼうっとして何も考えられない。

甘い声に導かれるまま、再び視線を落とした先では、ウォルドの指先がリーゼロッテの尖った乳首を弄んでいるところだった。硬くなっていることを知らしめるように、とんとんと指先で叩き、ふくらみへ押し込む。ひょこ、と出てきた突起をかわいがるようにしてつまみ、指の間でくりくりと転がされた。

「んん、んぅ、んんんんッ」

それでもまだ甘い責め苦は終わらない。

ウォルドはリーゼロッテの口の中に入れていた指を引き抜き、もう片方のふくらみを下から包むように覆った。

「……っはぁ、はー……あ、んんぅ、あ、あ、ウォルドさま、……ふたつ一緒は……」

「うん。ひと際かわいい声を聞かせてね――リーゼロッテ」

耳元で低く名前を呼ばれた直後、尖った乳首を両方つままれた。

「ん、や、ぁあああッ、あ、あ、ぁああッ、あーッ」

何度も身体を小刻みに揺らして、身体中に巡る快楽から逃げようと身じろぐが、どうすることもできない。きゅむきゅむと、緩急をつけてつままれ、はしたない声も止まらない。

「あ、あ、ぁッ。ウォルドさま、ウォルドさまぁ……、あ、え、やぁ、ん、何、何これ……ッ、だめ、だめです！　そんな、いやらしい触り方……ッ！」

胸の先端をいじるウォルドの指先が、つまんだそれをしごくように前へすべらせる。今までとは違う触り方に、もう何がなんだかわからなくなった。目の前がちかちかして、身体中が熱い。

「ウォルド……さま、も、声……出ちゃう……、からッ」

「ん、もうすっかり甘くなった」

「そう……じゃ、なくて、あぁッ」

「声を堪えたいなら、俺の指でも噛《か》んでる？」

リーゼロッテは嫌だと伝えるように、首を横に振った。

さっきはかろうじて噛むのをこらえることができたが、今度口に指を入れられてしまえば、次こそ快感のままに噛んでしまうだろう。彼の美しい指に噛み跡などつけたくはない。

リーゼロッテは乳首をいじられながら身体をひくひくと小刻みに揺らし、振り返るようにウォルドを仰ぎ見た。

「ん？」

優しい視線が注がれ、リーゼロッテは目に涙をためる。そしてむき出しになった欲望の赴くまま、言葉を紡いだ。

「……唇を」

「んん？」

「ウォルドさまの唇を……、私にください」

「……」

「くちづけが、欲し――んぅッ」

急に降ってきた彼の唇が、やわらかなリーゼロッテのそれを塞ぐ。ぴりっとした痺れが肌をざわつかせ、甘い気持ちが胸いっぱいに広がった。

「ん、ぅ、……ウォルドさま……ッん」

待ちわびたウォルドのくちづけがきっかけになったのだろうか、リーゼロッテの背後から待ち構えていたように快楽が迫ってくる。胸の先端も、ウォルドの指先によって弾くように揺さぶられ、さらに刺激が強くなる。幾度となく甘い快感を教え込まれたリーゼロッテの身体は、やってくる〝何か〟に耐えることができなかった。

「んぅ、ん、ん……ッ、あ、も、もう、あ、ぁあ、ウォルドさま、私――んぅ、んん、ん、んッ。んんんんん――ッ‼」

再び唇が塞がれ、舌先を合わせただけで、快楽が一気に押し寄せる。

もうだめ。

意識が快楽に捕まったと同時に、大きく身体が跳ねた。

「ッ……んん、んぅ、……んん――ッ」

最奥で渦巻き、出口を求めて彷徨っていた快感が身体中を駆け巡っていく。快楽の余韻がまだ残っているせいで、リーゼロッテの身体は小刻みに震えた。

何度も、何度も。

身体が弛緩し、ウォルドの唇が離れるまで、快楽はリーゼロッテを弄んだ。

「……っはぁ、……あ、……はぁ、はぁ」

互いをつなぐ銀糸がふつりと途切れた先で、ウォルドは微笑んでいた。先程までリーゼロッテの乳首をいやらしく触っていたはずの手は頭に添えられ、かわいがるように撫でている。

「……ウォルド……さま」

「ん。そろそろ出るか」

ただぼんやり彼を見上げるリーゼロッテに微笑み、ウォルドは額へくちづけてから囁いた。

「次は、寝室でかわいがりたい」

そう言ってリーゼロッテを抱きかかえて湯から上がると、ウォルドは衝立の奥で控えていたキャシーに一旦、彼女の支度を頼み、自身はバスローブを羽織った。

キャシーは、準備していただろう簡単に羽織るデザインの夜着をリーゼロッテに着せ、前をいくつかのリボンでとめる。簡単に身支度を整えられたあと、ウォルドに抱きかかえられて寝室へ戻るまで、リーゼロッテはぼんやりしているだけだった。

「――水、飲む？」

寝室のベッドへ寝かせられたリーゼロッテは、ウォルドの問いかけに頷いて応える。

くしゃ、とリーゼロッテの頭を撫でて水差しへ手を伸ばすウォルド。その後ろ姿を横目に、リーゼロッテは冷えたリネンの感触に、身を任せていた。

（……冷たくて、気持ちいい……）

火照った身体に、ちょうどいい。

ぼんやり天蓋を見上げていたリーゼロッテの前に、ベッドを軋ませたウォルドの顔が現れる。嬉しさから、思わず口元が綻んだ。

「ウォルドさま」

幸せを口にしたリーゼロッテへ、彼は唇を近づける。

「ん、……ん、んぅ、んく、ん」

口移しで少しずつ流し込まれる水に、喉を鳴らして飲んだ。一気にではなく、ゆっくりと、飲みやすいように、ウォルドが水を流し込んでくれる。最後に舌先で唇をぺろりと舐められた。

「……まだ、飲むか？」

ふ、と口元を綻ばせたウォルドが、リーゼロッテの頬を片手で覆う。

「もっとって、顔に書いてあるぞ」

ウォルドはリーゼロッテの返答を聞かずに、グラスに残っていた水を口に含む。ベッドを軋ませ、少し濡れた唇がリーゼロッテのそれに触れたのを合図に、もう一度口移しで水を飲ませてくれた。口の端に残った水滴を、舌先で舐め取ったウォルドが優しく微笑む。

「……もっと?」

「み、水はもう……」

「うん。だから、水ではなくて——」

俺。

そう、続けられたような気がしても、唇を塞がれてしまえば確認することはできない。

「ん、んぅ」

貪るような彼のくちづけに、リーゼロッテはうっとりと身を任せる。

ぬるりとした感触とともに舌先が触れ合い、しごかれると、そこから口の中が甘くなった。

ウォルドのくちづけに応えようと、リーゼロッテもまた彼の舌の動きに合わせて自分の舌を動かした。

「……ん、そう、いい子だ……。覚えが早いな……んッ」

くちづけの合間に頭を撫でられ、褒めるように言われる。それが嬉しくて、リーゼロッテは快楽に侵された思考で羞恥など考えずに、自分から舌を絡めていった。

「ん、んぅ、んん、……ウォルドさま……ッ」

寝室に満ちていく互いのくちづける音と、ねだるような甘い声。

絡み合う舌と吐息に、どこもかしこも彼でいっぱいになってくると、自然に手を伸ばしていた。ウォルドの首の後ろへ腕を回し、自分がねだるように唇を押し付ける。

かすかに、彼の口の端が上がったような気がした。

くちづけの合間に、しゅ、という衣擦《きぬず》れの音が届き、ウォルドの身体がリーゼロッテの足の間に入り込む。彼の大きな手が頬を覆い、その舌は絡みつき、唇は貪るように深くくちづけてくる。求められるようなくちづけが嬉しくて、溢れた思いが涙となって浮かんだ。

彼の唇が離れていくのを感じて目を開けると、たまった涙が眦から落ちていく。ぼやけた視界の先、薄闇の中ではウォルドが、しどけない姿になっていた。

「……」

ガウンが肩から滑り落ちたのか、腕で引っかかっている。

細身なのにしっかりとした胸元、程よく筋肉がついている二の腕、露わになっている男らしい上半身を視線で辿るだけで、期待に胸が高鳴った。脱げかかっているガウンと、恍惚としたウォルドの視線がいやらしくリーゼロッテへ向けられているせいか、彼の色気にあてられる。

心臓が、ドキドキとうるさい。

頬を覆っていた彼の手が離れていくと、腕にたまったガウンはすんなり落ちていった。

すっかり裸になったウォルドの手が、リーゼロッテの腹部へ置かれる。

「……入りたい」

たったひと言だ。

懇願とも、懺悔《ざんげ》とも捉えられるようなそのたったひと言で、身体の奥が甘く疼いて空っぽのナカが嘆く。胸の奥が切なさで締めつけられたリーゼロッテは、ウォルドへ両手を伸ばしていた。――自分を差し出すように。

なんて言えばいいのか言葉は出てこなかったが、自然と顔が綻んでいた。すると、ウォルドの表情が困ったように苦笑する。

「ああ、どうしよう」

「……え？」

「あなたが――」

そこで言葉を区切ったウォルドが「い」と口を形作ったところで、唇を塞がれた。触れる唇。戯れる舌先。深くなるくちづけ。互いの吐息と声が絡み合っていく中、夜着を退《ど》かされ、露わになったリーゼロッテの秘所に熱い塊が触れる。

ああ、彼の熱だ。

そう思うだけで、ナカが待ちわびたようにひくつき、奥から蜜が溢《あふ》れ出す。その濡れそぼった割れ目を、ウォルドの昂《たか》ぶった熱が上下に撫でこすった。蜜が彼にまとわりつき、ぬるりとした感触を伝えてくる。

茂みに隠れた花芽を、彼の先端が刺激して腰が跳ねた。口の中も秘所も同じぐらいに気持ちがよくなってくると、その瞬間が訪れる。深くなっていた唇が少し離れ、触れ合うだけの軽いものになった直後、灼熱《しゃくねつ》の楔《くさび》がリーゼロッテを貫かんとナカへ入ってきた。

「ん、んんんッ」

大きく太いそれは、リーゼロッテのナカを押し広げるように少しずつ進む。

ひくついた肉壁は彼の熱を抱きしめるように絡みつき、空っぽの嘆きを安堵へ変えていった。

そこから生まれた快感が、リーゼロッテの腰をかすかに浮かせ、彼の熱を受け入れやすい体勢へと導く。

「……腰が浮いてる」

「んんッ。……し、知りません……ッ」

「へえ？　なら、無意識に俺を欲しがっているのか」

ウォルドは唇を離して、リーゼロッテの鼻先と己のそれをすり合わせた。

「かわいいな」

甘く、優しい声とともにぐっと腰を進められ、肉壁を撫でるように奥まで突き入れられる。

慣れない感覚に多少の違和感は生じても、それ以上に愛しさが増してどうでもよくなった。リーゼロッテは自分からウォルドの頬へ頬ずりをし、彼の身体をその腕に抱き込む。

「……リーゼ？」

好き。

言葉にできない気持ちを頬ずりに変え、リーゼロッテは抱きしめる腕に力を込める。

ウォルドもまた、何も言わずに頬ずりを返してくれた。触れ合うところから幸せが生まれるのと、ウォルドの熱がリーゼロッテの奥へくちづけるのは、ほぼ同時だった。

「んんッ」

最奥まで届いた熱に腰が浮き、ウォルドも何度か身体をひくつかせた。

「……リーゼロッテ」

嬉しそうに名を呼ばれ、リーゼロッテもウォルドの耳元で囁く。

「ウォルドさま」

それが思いのほか、優しく甘い声に聞こえた気がした直後――、

「ふぁッ⁉」

彼の熱が、大きくなった。

「……ウォルド……さま、あの」

「かわいい」

「え？」

「あー、困った。リーゼロッテがかわいくてしょうがない。どうしてこうかわいいんだろうな」

ぎゅうう、と抱きしめる腕に力を込めて、ウォルドは何度も頬ずりをする。ロゼリアのようなかわいがり方をされたリーゼロッテは、目を瞬かせた。

「ふふ」

「ん？」

「ウォルドさま、お姉さまみたい」

「んん？」

眼前に現れたウォルドが、不思議な顔をする。

「俺がが？」

リーゼロッテは微笑んで頷いた。

「はい。お姉さまも、こうしてぎゅぅと抱きしめて、頬ずりをしてくださるのです。お姉さまのふわふわの身体に包まれてかわいがられると、嬉しくなります」

「そうか。相手の好意を理解しているのはいいことだ。いいことなのだが……」

なんだろう。

言いよどむウォルドに、リーゼロッテは小首をかしげる。彼はうん、とひとつ頷いて口を開いた。

「俺とロゼリア嬢を重ねられるのは心外だな」

「なぜです？」

きょとんとするリーゼロッテに、ウォルドが不敵な笑みを浮かべた瞬間――、ぐっと奥を突き上げられた。

「ひゃぁッ」

「こういうかわいがり方は、俺にしかできない」

そうだろう？

と、問いかけるように瞳を欲望で滾《たぎ》らせたウォルドが、ゆっくりと腰を動かし始めた。

「あ、ぁあッ、ん、やぁッ」

肉壁を撫でるように軽く引き、奥を求めるように強く穿つ。奥をこつこつと叩かれる感覚と抽挿から生まれる快感に、リーゼロッテの思考は一気に快楽へ堕らた。

「あ、あ、あぁッ」

腰をしっかり掴まれ、臀部を太ももの上に乗せられ、もっともっとと求めるように彼の熱がリーゼロッテのしなやかな身体を貫く。抱きしめる腕に力を込め、しがみつくことしかできなかった。

「あ、ウォルド……さま、あ、あッ」

「……ん、あ、……リーゼロッテのナカ、すごく俺のことを締め付ける……ッく」

「んんッ」

「ああ、ほら、また締まった。……そんなに欲しがって……ッ」

ぐっと腰を突き入れられる。

「ッぁあ」

やがて、溢れる蜜を掻き出すような動きになると、繋がっているところからぱちゅぱちゅといったいやらしい水音が聞こえてきた。寝室に満ちていく淫靡な水音と、ウォルドに貫かれるたびに軋むベッドの音、ときおり漏れる強請るような自分の嬌声が、寝室を支配していった。

「んッ」

ぐ、と強く腰を打ち付けたウォルドが、抽挿をやめて上半身を起こす。

頭の奥が甘く痺れているせいで、視界も思考もぼんやりする。ただ呆けたようにウォルドを見つめていると、彼は夜着のリボンをすべて外した。胸元をはだけさせ、リーゼロッテの胸を露わにする。自分がしどけない姿になっているとは思ってもいないリーゼロッテに微笑み、ウォルドは繋がったままの状態で彼女の左足を垂直に持ち上げた。

何が起きたのだろう。

ぼんやり見上げたウォルドは、足首を掴み、見せつけるようにふくらはぎを舐め上げた。

「んんぅッ」

ぞくぞくとした感覚に肌がざわつき、背中がのけぞる。

頬を染め、はふはふと浅く呼吸を繰り返すリーゼロッテをちらりと見下ろし、ウォルドは持ち上げた左足を抱きしめるように固定してから、彼女の右足をまたぎ、腰を小刻みに動かし始めた。

「ん、んッ。あ、あ、やぁ、何、これ……ッ」

いやらしい腰つきで、彼の熱が最奥まで届く。

　先程よりも違う位置に当たるのか、それとも奥までぐっと届くせいか、ナカをえぐるような動きに腰骨の辺りが痺れた。突き上げるというよりも、貫くに近い動きに、身体が揺さぶられる。言葉にならない快感がぞくぞくとした何かを引き連れ、自然と足が伸びた。

「あ、あ、や……ッ」

　何かがきてしまう。

　いつもウォルドに見せられる白い世界への扉が。すぐそこまで迫っているのがわかる。リネンを掴む手に力を込め、助けを求めるようにウォルドを見上げた。

　彼は恍惚とした表情で唇をぺろりと舐め、優しく微笑む。

「かわいい」

　その瞬間――、つまさきまでぴんと足が伸び、最奥に届いた彼の熱に頭の奥が弾ける。

「あ、ぁあッ、あ――……ッ、ん、ん、んぅ、あぁッ」

　言葉にならない声とともに、身体が大きく跳ねた。何度となく身体が震え、ベッドが軋む。リネンを掴む手から力が抜けるまでは、リーゼロッテは快楽に翻弄されていた。

「……ん、ん、……あ、……あ、んッ」

　全身の毛が総毛立つような感覚だ。

　火照った肌を空気が撫でるだけでも、そこは敏感にウォルドの熱を抱きしめる。それも、本人《リーゼロッテ》に自覚させないまま。

「……たくさん、ん、締めつけられるのは嬉しいけど……、誘っているのか？」

ふふ、と口元を綻ばせたウォルドが、リーゼロッテのふくらはぎを愛しそうにくちづける。目をうるませたリーゼロッテは、ただそれを眺めているだけで、唇が肌へ触れた瞬間から、また快感が生まれて身体が震えた。

「ウォルド……さま……ッ」

「まいったな」

ウォルドはリーゼロッテの足を下ろし、またいでいた右足を開放する。ぐったりしたリーゼロッテの手からリネンが離れていくのを見て、ウォルドはそこへ己の指を絡ませ、頭上のクッションへ押し付けた。

少し前かがみになったウォルドの前髪が、少し先でさらりと揺れる。

「そんなにかわいい声で名前を呼ばれたら、止まらなくなる」

ウォルドは瞳に欲望を滾らせて、再びリーゼロッテを突き上げ始めた。

「あ、あ、あ、ぁあッ、あ、んんッ、ん、やぁッ」

肉壁を撫でこすり、何度も何度も最奥に灼熱の楔を打ち込んだ。

そのたびにリーゼロッテのナカは快感に震え、彼の熱にしがみつく。ウォルドの視線は、胸を揺らすリーゼロッテの痴態に注がれ、羞恥と快感を煽ってくる。見ないで、と思えば乳首がぴんと硬くなり、ナカから蜜が溢れるのだから、己の胸の内は彼に筒抜けなのかもしれない。

ウォルドは、嬉しそうに口元を綻ばせると、褒めるようにくちづけた。

「んん、んぅ、んんッ」

触れるだけのくちづけに物足りなさを感じ、自分からも唇を押し付ける。

もっと欲しくて、舌先で唇を舐めたりもした。

すると、彼の指に絡め取られた手が自由になり、己の腰に彼の手が添えられる。リーゼロッテはウォルドの首の後ろに腕を回し、彼の抽挿から与えられる快楽によって高みへ導かれていった。

「ん、んぅ、ん、ん、……っはぁ、あ、ウォルド……さま、ウォルドさま……ッ」

求めるように彼を呼び、繋がるところから淫靡な水音が大きくなる。

それでもまだ足りないと心が叫ぶのだから、どうしようもない。

「ウォルドさま、……ウォルド……さま」

「ん。いいよ……、く、ぁ……ああ、俺も、もう……ッ」

瞳をうるませるリーゼロッテの頬に手のひらを添え、ウォルドは切ないような、困ったような、余裕のない表情をする。

「こんなかわいい子を抱いて、我慢するほうが、無理だ」

それだけ言うと、リーゼロッテの唇を貪った。

ウォルドに好きなだけくちづけられている間に、背後から近づいてきた快感がすぐそこまで迫っていた。腰の動きが速くなり、彼の唇が離れた瞬間、目の前に現れたウォルドの切羽詰まった表情に胸がぎゅっと掴まれる。

「あ、あ、ぁああ――……ッ、あ、ん、……あ、ぁッ」

快楽を受け入れたと同時に腰が大きく跳ね、最奥めがけて彼の熱が押し付けられる。

「も、出る……ッ」

ぐっと、さらに最奥を叩くように突き上げられた拍子に、大量の熱が注ぎ込まれた。繋がっているところからどくんどくんと鼓動が伝わり、ウォルドの熱がリーゼロッテのナカを満たしていった。

「ん、ん、んぅ、……ッあ……ッはぁ、……は……、ごめ、……まだ……んんッ」

腰を二度、三度打ち付けたウォルドが力尽きてリーゼロッテの上に落ちてもまだ、彼は熱を吐き出していた。自分の上で小刻みに身体を震わせるウォルドがかわいくて、縋るように抱きしめる腕の力が愛しくて、リーゼロッテもまた彼の背中に腕をまわす。

「……ウォルドさま」

熱く、汗ばんだ肌。荒い吐息。甘く心を震わせる声。そのどれもが愛しくて、リーゼロッテは抱きしめる腕に力をこめた。

するとーー、くぅ。

「!?」

小さく、お腹が鳴った。

あまりの羞恥に、リーゼロッテの頬が一気に熱くなる。

今のお腹の音、彼にも聞こえただろうか。

（どうか、聞いていませんように……！）

心の中で必死に祈っていると、落ち着いただろうウォルドが、首筋に埋めていた顔を上げる。

平静を装っているリーゼロッテに軽くくちづけた彼は「出て行きたくない」とでも言うように、ゆっくりと己を引き抜いた。肉壁を撫でられる感覚に、小さく声があがる。

ウォルドはリーゼロッテに頬ずりをして、身体を起こした。

「ウォルドさま？」

「いい子にしてたら、ご褒美をあげよう」

安心させるように微笑み、ガウンを羽織ったウォルドがベッドから下りる。

その後ろ姿を目で追っていたのだが、ナカから熱が溢れ出る感覚に驚いて、それどころではなかった。このままではリネンを汚してしまう。どうしたらいいのだろう。だからといって身体を起こそうものなら、さらに流れ出るかもしれない。

それは嫌だった。

（どうしよう……）

とりあえず、簡単に夜着を整えたリーゼロッテだったが、それ以上どうすることもできなかった。そこへ、何食わぬ顔でウォルドが戻ってくる。

「リーゼロッテは、くるくる表情が変わってかわいいな」

「……ウォルドさま」

助けを求めるようにリーゼロッテが顔を上げると、ウォルドが微笑む。

「身体、起こそうか」

「でも」

「汚しても大丈夫だから」

「それも気にはなるのですが……」

「ん？」

ウォルドが、ベッドに腰をかける。

「……嫌なんです」

「んん？　どうして」

「ウォルドさまが、ここにいた証《あかし》がなくなってしまいます」

「……それが、嫌なの？」

「はい」

きょとんとするウォルドに、リーゼロッテが頷いて応える。彼はしばらく目を瞬かせたあと、うなだれるように盛大なため息をついた。

「……ウォルドさま？」

「あーもー……、困る」

「す、すみません。わがままを」

「違うよ」

「え？」

「……かわいくて、困るの。そんなこと言われて、嬉しくない男なんていないよ」

ほんの少し頬を染めたウォルドが、照れたように言う。こんなウォルドを見るのは初めてで、思わずじっと眺めてしまった。彼は「あまり見ないで」と言ってから、リーゼロッテを抱き上げて、横抱きのまま膝の上にのせた。

「こうすれば、ガウンが吸ってくれる」

しかし、出ていってしまうことには変わりない。

せっかくナカを満たしてもらえた熱が少なくなるのは、それはそれで寂しかった。

「こら、そんな顔しない」

ウォルドはリーゼロッテの頬を撫でて、顔を上げさせる。

「しょげなくても、また注いであげるから安心して」

「……え？」

「約束の日まで、まだある。……そんなに欲しいのなら、いつでもあげるよ」

楽しげに言いながら、ウォルドはベッドの上に置いた皿から何かをつまむと、リーゼロッテの唇に押し付けた。

「んむ?」

「はい、どうぞ」

言われるままに口を開け、それを口の中に入れる。

さくっとした感触とともに、バターの香りが鼻へ抜け、ストロベリーの甘いジャムがちょうどよく口の中で混ざった。このメレンゲ菓子は少し苦くて苦手なのだが、ジャムと一緒に食べるとちょうどいい。

ウォルドを見上げると、彼は手についたジャムを舐めとっていた。

「おいしいです」

「まだあるぞ。今度はクリームで食べてみるか?」

嬉しそうに言い、ウォルドはリーゼロッテの口にメレンゲ菓子をいくつも運んでは、食べさせる。ときおり少し冷えた紅茶を飲ませ、別のお菓子も口へ運んでくれる。そのどれもが、思わず口元が綻んでしまうほどおいしかった。

最後にすっかり冷えた紅茶を飲み干し、空腹を満たした。

「――ふぅ、おいしかったです」

「ん、それはよかった」

リーゼロッテの手からカップを取り上げ、ウォルドはそれをサイドテーブルへ置く。

「ところで、どうしてこの部屋にお菓子があったのですか？」

「んー？　リーゼロッテを探している間に、夕食を残したと小耳に挟んでな。俺も小腹が減ると思って、先に用意させておいたんだ」

こんなことなら、もっとちゃんと夕食を食べておくのだった、と後悔をする。おいしい夕食を残してしまい申し訳ない旨、コックへ伝えるようキャシーに言ったとはいえ、ウォルドに気を使われてしまう結果になるとは思わなかった。

「……すみません」

「こらこら、俺も食べたかったのだから、気にしない」

「あ、ではウォルドさまもちゃんと召し上がってください」

リーゼロッテは傍らにある皿を自分の膝の上へのせ、ジャムをつけたメレンゲ菓子をウォルドの口元へ運んでいく。

「はい、どうぞ」

一瞬、目を瞠って驚いた様子だったが、ウォルドはリーゼロッテに促されるまま口を開けてくれた。

「……ん、ん、おいしい」

「ですよね。私も、先ほどいただいたときに、とてもおいしくて驚きました。さめ次は何を

「……、ウォルドさま？」

次の菓子を手にしようとしたリーゼロッテの手首を掴み、ウォルドがその指先を咥える。

「んッ」

リーゼロッテの指についたジャムを、彼の舌が丁寧に舐めとった。

「んん……、もう、ウォルドさま……」

「すまない。リーゼロッテの肌も甘いから、こっちを食べるのも好きなんだ」

言いながら、もう一度ぺろりと指の腹を舐める。ぞくぞくとした感触が腰骨の辺りから肌を這い上がり、身体を小刻みに揺らした。

「……んッ」

「いい声」

「だ、だめ……です、そんなに舐めたら……ッ」

「では、どこなら舐めていい？」

「どこ⁉」

「ん、そうか。ここか」

にっこり笑ったウォルドが、リーゼロッテの手首を離して胸の先端を軽く弾く。かすかにふくれていたそこが、しっかり尖った。

「私は何も言っておりません……‼」

「しかし、ここは俺に食べてもらいたそうに硬くなった。ん、よしよし。そういうことなら、食べてやらないといけないいな」

「ウォルドさま、でもお菓子が……！」

「ああ、そうだな。これからすることの邪魔になる」

そうではない。

と、言いたいのに、膝の上にある皿を手にしたウォルドは、それをあっという間にサイドテーブルへ置いた。

「教えてくれてありがとう、リーゼロッテ」

「ウォルドさま、私、そんな、そんなつもりは……ッ！」

「さて、そんなつもりとは、どんなつもりだろうか？　期待してくれているのかな？」

だめだ。言葉で勝てない。

もとより、言葉で勝とうと思ったことは一度もなかったのだが、ここまで丸め込まれてしまったら、何も言えなくなった。

「先ほど、俺のいた証がなくなるのが嫌だと言っていたのは、リーゼロッテだろう？」

「それと……これとは……」

「残念ながら、別ではないよ。それをこれから教えてあげよう」

ウォルドの瞳に欲望が滾り始める。

「――朝まで」

低く囁かれた声に心が震え、身体の奥が一気に疼く。

気づいたときには、リーゼロッテの乳首が露わにされ、ウォルドの口の中へ誘い込まれていた。

「っや、ぁああんッ。ああ、あ、あッ」

すっかり硬くなった乳首を舐めしゃぶられ、舌先で好きなだけ弄ばれる。あっという間に思考は快楽に染まり、ウォルドのことしか考えられなくなっていた。性急に身体を求められているはずだというのに、触れる手は優しいのだから、たまらない。触れ合うところから愛しさが生まれ、心が彼を求めたときに再び熱を穿たれ、熱を注ぎ込まれていた。

何度も、何度も。

それは彼の宣言どおり一晩中続き、朝起きてからも身体を求められることになる。

離してくれないウォルドに、身がもたないと思いつつも、リーゼロッテは嬉しかった。自分ばかりが求めていた存在に求められ、ひとつになる瞬間に幸せを感じていた。

この、退廃的な夜から朝、それもエリアスがウォルドを寝室まで迎えにくるまで一緒にいた日を境《さかい》に、ウォルドは昼に、夜にと箍《たが》が外れたようにリーゼロッテをかわいがった。

そうして、リーゼロッテは七回あるうちの五回目の夜が終わった、翌日を迎える。

（……今夜、ウォルドさまはアンナさまの寝室へ通われる……）

朝まで離してくれないウォルドを見送って身支度をしていると、ふと我に返る瞬間があった。突然夢から醒《さ》めて、現実に引き戻される感覚とでもいうのだろうか。

今、この瞬間が夢ではないのかと思う。

ついさっき、ウォルドをこの部屋から送り出したばかりだというのに、それでもそう思うのだから、どうしようもない。

夢が醒めるときが近づいているからだろうか。

最近、いつもにも増してそんなことを思う。彼の腕の中にいるときはこんなことを考えたりはしないのに、不思議だ。

「……リーゼロッテさま？」

「え？」

「何か、考え事ですか？」

「あ、ううん。なんでもないの。……支度、手伝ってくれてありがとうね、キャシー」

「それが私の役目ですから、一生お手伝いさせてくださいね」

「……もう、キャシーったら」

「さて、食堂で朝食を摂《と》ったあとは、執務室でしたよね？　私、お茶の準備を……」

「あ、ごめんなさい。今日は陛下が視察に出られるの」

今朝、部屋を出る直前に、ウォルドが思い出したように言っていたことを思い出し、それをキャシーへ伝える。彼女は聞いていなかったのか、驚いた様子だった。

「……では、執務室へは……」

「ここで本を読んでいなさい、と言われたわ」

暗に「執務室へ来るな」と言われたような気もする。

肩をすくめて苦笑しておどけて見せたのだが、キャシーの表情が曇っていくのを目の当たりにして、リーゼロッテは慌てて彼女の両頬を包んだ。そして口角を上げるようにぐっと上げる。

「キャシーがそんな顔しないでいいのよ。ほらほら、笑って？」

「……ふぇも」

「私は大丈夫だから、ね？」

それでも表情を変えないキャシーに苦笑する。

「ごめんなさい、嘘を言ったわ。ウォルドさまと昼間一緒に過ごせないのは、とてもとてもとぉおおおおおっても残念で、寂しくてどうしようもないけれど、ひとりじゃないわ。キャシーが今日はずっと一緒にいてくれるでしょう？」

そう言って手を放すと、キャシーは困ったように微笑んでくれた。

「正直ですね」

「キャシーには、嘘をつけないもの」

「それをご理解していただき、私はとても嬉しいです。でもリーゼロッテさま、本日一緒に過ごすのは、私だけではないみたいですよ」

「え？」

ふふ、と笑ったキャシーが、胸元から折りたたんだ紙を取り出す。

「入れる場所がなかったので、こんなところから失礼致します」

折りたたんだ紙を広げ、キャシーがリーゼロッテへ手渡した。

不思議に思いながら手にしたそれに視線を落とし、見慣れた文字を目で追った。

「……たまには私にも時間をちょうだい。午後、適当な時間に行くから、いい子で待っててね。大好きなリーゼロッテへ……、ロゼリア……より、まぁ、お姉さまだわ!!」

手元の紙から顔を上げたリーゼロッテは、口元を綻ばせていく。

「はい。ですから、今日はウォルドさまと過ごせない分、楽しい時間にいたしましょう！」

キャシーの元気な声に励まされ、リーゼロッテも笑顔で頷いた。

ロゼリアの気まぐれは、よく知っている。午後、適当な時間ということは、だいたい夕方近くになるだろう。遅くくることはあっても、早くくることは滅多《めった》にない。

つまり、朝食を食べ終えても、まだ時間はある。

陽が高くなったころ、キャシーにのんびり庭園を散歩しようと言い出したのは、リーゼロッテだった。

「では、私はキッチンへ行って、サンドイッチを作ってまいりますね」

簡単に食べられる軽食を準備すると言って、キャシーを見送り、リーゼロッテはぼんやり外を眺めた。時間がゆっくり流れていくのを肌に感じ、ウォルドとの次の夜に想いを馳《は》せる。そして同時に、この甘く楽しい夢が終わる瞬間がこなければいいのに、と祈るような気持ちでいた。

(私がウォルドさまと過ごす夜は、あと二回。それを迎えたら……)

約束の日がやってくる。

この幸せが長く続かないことぐらい、わかっている。しかし、あまりにも幸せだと、わかっていたはずのことを忘れてしまうのも事実だ。

「……いけない、いけない」

まだ最後の夜はきていない。

その日までは、ちゃんと自分のできることをしようと心を改めた。

そこへ、慌ただしく寝室のドアが開かれる。

驚きでドアのほうへ向いたのと、その人物が声を出したのはほぼ同時だった。

「リーゼロッテさま！」

「……アンナさま？」

珍しい客人もいるものだ。と、驚きながらも、彼女の様子が違うことに気づき、リーゼロッテは急いでアンナへ駆け寄る。

「どうかなさったのですか……？」

「か……」

「え？」

「……陛下……」

急いで走ってきたのだろう、荒い呼吸の合間に、かろうじて聞き取れる単語に顔を青ざめる。

「陛下が、陛下がどうかなさったの……⁉」

心配から声を大きくするリーゼロッテに、アンナは呼吸を整えながら続けた。

「……ち、ちが……、陛下の……大事な……」

そこまで聞いて、脳裏に浮かんだのは愛らしい姿だ。

「ミアさま⁉　ミアさまに何かあったの⁉　もしかして、逃げてしまわれたとか……」

以前、ドアを早く閉めないと逃げてしまう、とエリアスに言われたことを思い出し、問いかける。するとアンナは苦しそうにうんうんと頷いた。

それを見て、リーゼロッテは気が気ではなくなった。

視察に出ている最中に、かわいがっているミアが執務室にいないと知ったら、どれだけウォルドが悲しむだろう。

（……そんな顔を見たくない）

リーゼロッテは苦しそうにしているアンナをベッドへ座らせ、水差しの水をグラスへ注ぐ。

それをアンナへ手渡した。

「私は、ミアさまを探してきます」

「たぶん、庭園へ……」

「ああ、そうね。外へ出たのかもしれないわ。アンナさまはここでお休みになっていてくださいね。あとでキャシーが参りますから、事情を説明してくださる？」

こくりと頷いたアンナに微笑み、踵を返した。

（ミアさま、……心細くて鳴いてはいないかしら……ッ！）

ドレスの裾を持ち上げ、リーゼロッテは小走りに廊下を駆けていく。

城から出て裏手にある庭園へ向かうと、最初に緑でできた壁が立ちはだかる。

部屋から見たときは美しいなぁ、と思うのだが、実際に足を踏み入れると迷路のように緑の壁が入り組んでいるのだ。

「ミアさまー！　ミアさまー？」

とりあえずできることをしようと、ミアの名前を呼ぶが、返事はない。

「……呼んでもだめかしら」

ちゃんと探さなければ。

ふわふわの白い毛を見逃してはならないと、使命じみた気持ちに心を燃やす。汚れるのも厭《いと》わず這《は》いつくばり、ミアの名前を何度も呼ぶのだが、その姿は見えなかった。少しずつ動揺していた心が落ち着いてくると、頭の片隅にあったかすかな違和感が少しずつ大きくなる。

今朝、ウォルドからは執務室へ行ってはいけないと言われていたのではなかったか。

何かがおかしい。そう思い始めたリーゼロッテに覆いかぶさるようにして、大きな影ができた。

なんだろうかと思い、顔を上げる。

そこには、大きくてがっしりとした身体つきの男が立っていた。

その威圧感に圧倒されて声が出ないところへ、後ろから口を押さえられてしまった。

「ん、んーッ⁉　んんッ！」

どうやら、もうひとり後ろにいたらしい。リーゼロッテは口元にあてられた布を、抵抗した拍子に思いきり吸い込んでしまい、意識が混濁し始める。

（……なに、が……）

ぼんやり天を仰いだリーゼロッテの視界に、小さな白い塊がかすかに見えた気がした。

そこは薔薇園の手伝いをしているときに、庭師からこっそり教えてもらった〝執務室〟の辺りで、そこでようやく、自分が騙《だま》されたことに気づく。

（しま……った……）

徐々に落ちていく意識の中、リーゼロッテは助けを求めるように手を伸ばしたが、それは誰に届くことなく空を切った。

●・○・●・○・●

その日、ロゼリアは自分でも驚くほど、珍しく気が向いた。

「あら、どうしたの？　キャシー」

だから愛する妹が滞在している部屋へ、脇目もふらずにやってきたというのに、ドアを開けた先では、侍女のキャシーが顔を青くしている。その表情に、ロゼリアの直感が囁いた。

嫌な予感がする、と。

「キャシー、どうしたの」

状況が見えないロゼリアがキャシーに近づくと、彼女は震える唇で大きく息を吐き、ロゼリアを見た。

「……私が、リーゼロッテさまをひとりにさせた隙に……、お姿……が」

「いなくなったのね」

「は、はい」

「今日、私がここへくることは伝えたの？」

「はい。ロゼリアさまの直筆のお手紙を、お見せしました」

「そういうことなら、ひとりでいなくなったのはおかしいわね」

「そうなんです。今日、陛下は視察で城にはおりませんので、ロゼリアさまと過ごせるのをとても楽しみにしていらっしゃってて……」

キャシーの声を聞きながら、ロゼリアは自分の直感が働くままに部屋の中を見回した。

「ところで、キャシーがここへ戻ってきたときに、誰かいた？」

「……いえ、誰も。それが何か？」

ロゼリアはゆっくりとサイドテーブルへ近づき、水の入っているグラスを手に取る。

「あなたがここへ戻るよりも先に、この部屋に誰かがいたみたい」

「ええ⁉」

「でも同時に、しっぽが掴めそうかも」

「……ロゼリア……さま？」

「ふ、ふふ、ふふふふふ。いーい度胸だわ。この私を怒らせるなんて……」

だん。と、力任せにグラスをサイドテーブルへ置き、ロゼリアは怒りの炎を燃やす。

「その人物に話を聞きにいくわよ、キャシー」

「え？」

「私、グラスについた趣味の悪い色を、誰かさんの唇で見たことがあるのよね。どこだかの国の貴族だけが嗜《たしな》んでいる、唇を彩るものだとかなんだとか。それはそれは嬉しそうに見せびらかしていたのよ、夜会で」

邪悪に微笑むロゼリアを前に、キャシーはただ何も言わずに従おうと心に決めたのだった。

心の中でリーゼロッテを案じながら。

第五章　策略の答

かすかに揺れる感覚、それでいて懐かしい感覚に、意識を取り戻したリーゼロッテは、自分がゴンドラに乗せられていることを理解する。運河の移動に、ゴンドラはかかせない。小さなころから慣れ親しんだ身体の感覚を、忘れることはできなかった。

「……」

俯いたまま、周囲に気づかれないよう、うっすらと目を開ける。

布で目隠しがされているのだろうか、目の前は真っ暗だった。おかしい。リーゼロッテが見知らぬ男を最後に見たとき、まだ太陽は頭上にあった。布で目隠しをしたとはいえ、陽が出ていれば多少視界は明るいはずだ。それでも暗いということは、陽が落ちたのだと推測する。

あれから、どれだけの時間が経っただろう。

頬を撫でる風も、昼間より冷ややかだ。

リーゼロッテは運河の流れる音を耳にしながら、少しでも自分の気持ちを落ち着ける。大丈夫、大丈夫だから。そう自分に言い聞かせて、まず自分の状況を理解しようとした。皮肉にも、こういった想定外の状況には慣れている。

姉の自由奔放な言動で、いつもとばっちりを被っているリーゼロッテに不測の事態は日常茶飯事だ。だからこそ、こういうとき、混乱するのが一番無駄なことだと理解していた。

（……えーっと、両手は……後ろで縛られてるけど……、足は……うん、大丈夫そう）

縛られているのは手首だけで、足は自由だ。

とはいえ、ここは運河の上。逃げようにも、逃げ道はない。視界を奪われ、さらに布の多いドレスでは、満足に動けないだろうことは確かだ。

つまり。

（……今はおとなしくしているのが、いい……ということね）

恐らく、それが一番無難なように思う。

自分の浅はかな行動が発端でこうなったのだ、この結果は自業自得だ。冷静になって考えてみれば、どれもこれもがおかしいとわかることだった。

（今日はアンナさまが夜の相手なのだから、昼間一緒にいるのは私のはず。それで執務室にはこなくていいとウォルドさまに言われて、それをキャシーと話していたのに……。ミアさまがいなくなったなんて聞いて、気が動転してしまったわ。アンナさまは、執務室に入る予定がないのだから、ミアさまがいなくなったことなんて、わからないのに……）

情けなくて、しょうがない。

ロゼリアはいつでもどこでも何かをやらかすのではないか、という緊張感を心のどこかで持っていたが、ミアに関してはまったくの想定外だった。アンナの言うことを信じて疑わなかったのは、きっとその緊張感がなかったせいだろう。言葉を交わすことのできないミアばかりを思い、アンナの言葉を疑うことすらしなかった。父にも、バルフォア家には気をつけろ、と言われていたというのに、うっかりにもほどがある。

自分のダメさ加減に、ため息が出そうになるのを必死に堪えた。

すると。

「……ッ⁉　え、あ、や、だ。ここは、ここはどこ……、真っ暗で何も……！」

他にも誰か乗っているのだろうか。

若い女性の声が、混乱してるのがわかる。それをきっかけに、次々と数人の声が聞こえ始めた。各々、意識が戻ったのか、はたまたリーゼロッテのように息を潜めていたのかは知らないが、自分の状況を理解できずに不安を口にする。この状況を不安に思わない人はいない。ゴンドラ内の戸惑いの声が、少しずつ大きくなろうとしていたとき、

「黙れ」

殺意とともに底冷えするような低い声が、この場の囁きを一蹴する。

不安が恐怖を煽り、これ以上大きな声を出されないよう釘《くぎ》を差したのだろう。ぴたりと声が止《や》み、周囲を包む空気がさらに冷えた。

「今から、断りもなくしゃべった者は殺す」

それだけ覚えていろ。

とでも言うように、必要最低限のことを言い、また静寂な運河に戻った。

（……私の他にも人がいる……？）

アンナのことだからと、てっきり婚約者候補であるリーゼロッテを狙ったものだとばかり思っていた。しかし、他にもゴンドラに人が乗っているというのなら、話は別だ。

もしかして、アンナの言っていたことは本当だったのだろうか？

たとえそうだったとしても、それを確かめる術は今のリーゼロッテにはない。ああでもないこうでもない、と今さら考えたところで、自分の状況は変わらないのだと、無理やり思考を切り替える。

（ミアさまのことは、無事を祈ることしかできないわ。今、私は……この状況を乗り切ることを考えなくちゃ）

一体、この水の都に何が起きているというのだろう。

不思議に思い始めると、数日前ロゼリアに怒られたときの言葉が脳裏に浮かんだ。

『ここ最近、人さらいとか、素行の悪い人間が街を闊歩してるっていう噂があるのに、不用意にひとりで家へ戻るなんて‼　何かあってからでは遅いのよ⁉』

それを思い出し、ロゼリアはこのことを言っていたのだと気づく。

最初から姉が警鐘を鳴らしてくれていたというのに、この体たらくだ。うっかりどころではないと、叱られてもしょうがない。

（……お姉さま、ごめんなさい）

そう心の中で懺悔をし、リーゼロッテは深呼吸をした。

何が何でもランバート家の娘を嫁がせたい父、人さらいの噂を知っていた姉、つついたら黒い噂しか出ない野心家の父を持つアンナの行動、自分の状況、その先に見えてきたのは――ガロン・バルフォアの影だ。

もしかして、これはすべて繋がっているのはでないだろうか。

それがどういうふうに絡まって繋がっているのかは、リーゼロッテにはわからない。

たとえもし万が一にも、この推論が間違っていなかったとしたら、バルフォア家はこの国を脅かす存在になり得る脅威になるだろう。それがわかったところで、今のリーゼロッテにはどうすることもできないのだが。

ガロンが危険だとウォルドに口添えするにも、この状況では無理だ。

それはつまり。

（……私は生きて、ウォルドさまに会わなければ）

少しずつ自分の道を見出《みいだ》すだけで、勇気が湧いてくる。

そうしなければ、恐怖に心が押しつぶされそうになっていた。今にも顔を覗かせる恐怖と戦いながら、リーゼロッテはゴンドラという運命に流されるほかなかった。

「――着いたぞ」

低い声をきっかけに、いくつもの足音が続いた。

小さな叫び声とともにゴンドラが揺れたかと思うと、いきなり腕を捕まれ、リーゼロッテは強引に立たせられる。おとなしくしなければいけないとわかっていても、見えない恐ろしさで足が竦んでしまう。それでもかろうじて立っていられるのは、ウォルドにもう一度会わなければいけない使命を、自分に課したからだ。

「ほら、さっさと歩け……ッ！」

不安定な足場《ゴンドラ》から、しっかりとした地に降り立つと、力任せに腕を引かれる。肌に食い込む指が痛い。その痛みに顔を歪ませながらも、リーゼロッテは他の人達と一緒に歩く。

「ここから階段だ。しっかり上がれよ」

目隠しは、いまだ外してもらえない。

前が見えない恐怖からか、おぼつかない足取りで階段を上がっていくと――。

「この場にいる全員、動くな‼」

張り上げられた声に驚き、大きく肩を揺らす。

リーゼロッテの腕を掴む男もまた、怯《ひる》んだのだろうか、その指先に力がこめられる。痛みに苦悶するリーゼロッテの耳に、聞き慣れた声が続いた。

「おまえたちを包囲した！　少しでも動いてみろ、その首、跳ね飛ばしてやる」

父の声だった。

それだけで恐怖に押しつぶされそうになっていた心が、安堵に満ちていく。心細くて負けそうになっていた気持ちにも気合が入り、リーゼロッテは唇をきゅっと引き結んだ。

「それはおもしろい」

「何？」

「まぁ多少もったいないが、俺たちには商品がある。……跳ね飛ばした首が、こいつらのものにならなければいいがな？」

楽しげに、それこそこの場を楽しんでいる様子の声に、半狂乱の声が重なる。助けて。殺さないで。お母さんに会いたい。お父さん。愛する者を呼ぶ者や、命乞いをする者、それこそ内容はさまざまだった。

（大丈夫、大丈夫よ。……六公爵であるお父さまがいるのだから）

耳にするのも苦しいほどの声に、リーゼロッテの胸も痛くなる。正常な人間でさえ狂気に落ちかねない状況の中、リーゼロッテは己の手をぎゅっと握りしめた。伝播《でんぱ》する恐怖に引きずられてはいけないと、爪を手のひらに食い込ませた痛みで我を取り戻し、大きく深呼吸をする。

腕を掴む男が、父と仲間のやりとりに意識を向けたのだろう。腕を掴む力が、ほんの少し緩んだ。リーゼロッテはその隙を見逃さず、腕を掴んでいる手の少し上を狙って噛《か》み付《つ》いた。

それも、思いきり。

「んんッ」

「ッてぇえええ‼」

目隠しで見えていないのだから、どこを噛んだのかはわからない。が、外れてはならないと、確実さを狙うために自分の肌も一緒に噛んで正解だった。痛みのあまり男の手が離れていくのを感じ、リーゼロッテはすかさず渾身《こんしん》の力で叫んだ。

「私は、諦めない‼」

己の口で言葉を紡ぐことが、大事だった。

リーゼロッテのひと言が辺りに響き、ここへ連れてこられた人々の耳へ少しでも届いたのだろうか。中には嘆くのをやめた者もいた。明らかに、場の空気が変わった。

それを好機ととったのか、父の声が続いてこだまする。

「みなを、生きて助けるのだ！」

「我らも後れをとるなー！」

たくさんの足音と怒号を皮切りに、剣戟《けんげき》が届く。すぐに混戦しているのはわかった。リーゼロッテもこの混乱に乗じて咄嗟にしゃがみこみ、不格好ではあるが階段に手をつけて下りようとした。――が。

「おまえ……！」

どうにか逃げようとしている間に、突然髪の毛を掴まれてしまう。

「あぁッ！」

力ずくで髪ごと持ち上げられてしまい、痛みで声が出ない。立ち上がっても、男のほうが大きいのか、つまさきがかすかに階段を触れる程度だ。

「さっきはよくも噛んでくれたな」

「んんッ、や……め、放して……ッ！」

「せめておまえだけでも、売ってやらないと俺の気が収まらない……！」

「いやッ！　私は、ウォルドさまに会うの……！」

必死に身を捩《よじ》りながら彼の名前を口にして、会いたい気持ちがさらに大きくなる。

『痛かったり、つらかったり、苦しかったら、俺の名を呼びなさい』

脳裏に浮かんだウォルドを求めるように、リーゼロッテは抵抗しながら叫んだ。

「ウォルドさま、ウォルドさま……ッ！」

「うるさい、黙れ‼　あまり暴れるようなら容赦は——ッぐぁ、な……にッ！」

男が呻《うめ》いた声が聞こえ、鼻先を鉄さびのような香りが掠《かす》める。

何が起こったのか理解できないでいると、掴まれていた髪が少しずつ解放されていく。痛みがやわらいでいくのと、つまさきが触れていた階段からずり落ちたのはほぼ同時だった。

（あ）

と、思ったときには、身体が宙へ投げ出されていた。

上下もわからない状態で一瞬の浮遊感に包まれたあと、横に倒れていったはずの身体は、顔から下へと向かっていた。

両手を縛られ、目隠しをされた状態で落ちていく恐怖は、計り知れない。

叫び声を上げることもできず、恐怖に縛られたリーゼロッテの身体は、真っ逆さまに落ちていくしかなかった。

（ウォルドさま……！）

祈るように心の中で彼の名を呼ぶと――、

「リーゼロッテ……！」

奇跡が起きた。

聞こえるはずのない声が耳に届き、リーゼロッテが口を開けようとした瞬間、しっかりとした感触に身体を受け止められる。落下した勢いを殺すことができず、そのまま倒れ込んだ。

実際に落ちていた時間は短いはずなのに、長い間落ちていたような気がする。

「……リーゼロッテ」

ぎゅっと抱きしめる腕の力と、安堵の声が耳に落ち、そこでようやく愛しい人の腕の中だということを理解した。

「リーゼロッテ、怪我《けが》は？　怪我はないか？　一応、男の手を狙ってナイフを投げたのだが」

男の注意を逸らしてくれたのは、他ならぬウォルドだったらしい。が、今のリーゼロッテにとって、その説明はどうでもよかった。

ここに、本当に彼がいることのほうが、重要だ。

「ウォルド……さま？」

「ああ」

「ウォルドさま……なの？」

「そうだよ。あなたが俺の名を呼んだから、リーゼの名を呼んだ。言っただろ、同じだけ、リーゼロッテの名を呼ぶ、と」

安堵の吐息を漏らしたウォルドは、何がなんだかわからないリーゼロッテの目隠しを外してくれた。はらりと落ちた先、ぼやけた視界が少しずつはっきりしてくる。

白く大きな月に見下される中、ウォルドの顔がそこにはあった。

「……ウォルドさま」

「ん」

漆黒のマントを身に纏《まと》った彼は、そこで優しく微笑んでくれていた。

視界がぼやけている間に、後ろ手の縄を解いてくれたのだろうか、リーゼロッテは自由になった両手で目の前にいるウォルドにしがみつく。

触れ合うところから互いの心臓の音が響く中、やっと安全を実感することができたのだろう

か。リーゼロッテの身体がかすかに震えだした。

「……よく、がんばったな」

抱きとめてくれたウォルドの優しい声と、頭を撫でるぬくもりに、ようやく心が恐怖を訴えてくる。怖かった。そう言って泣き出したい気持ちをぐっと堪え、リーゼロッテは顔を上げた。

「ウォルドさま、あの」

「陛下ーッ！」

背後、それも上から挟まれた声は、父のものだ。リーゼロッテは振り返り、落ちる前に自分がいただろう場所を見上げて、その高さにぞっとする。ウォルドが抱きとめてくれなければ、確実に死んでいただろう。

背筋の冷える思いを振り切るように父を見ると、心配を露わにしていた。

「リーゼロッテ、大丈夫か⁉　怪我は⁉」

娘の身を案じる父の声に、目の奥が熱くなったが、リーゼロッテは震える身体に力を入れて口を開く。

「お父さま、私は平気よ、大丈夫！　陛下に助けていただいたのー‼」

「ああ、よかった……」

父の声が、今にも泣きそうに聞こえた。

しかし、父は〝六公爵〟だ。すぐに気持ちを切り替えたのか、真剣な表情でウォルドへ視線を向ける。

「陛下、高いところから申し訳ございません。こちらは滞りなく終わりました」

「わかった。では、エリアスを呼んでくれないか、俺はこのまま城へ戻る。あとのことは、おまえに任せた」

「は！　娘を……、リーゼロッテを、よろしく頼みます」

「ああ」

ウォルドと父の間に、妙な間が生まれる。

無言の会話でも、していたのかもしれない。父はふぅとひとつ息を吐くと、振り返って声を張り上げた。

「さぁておまえたちには、これから聞きたいことが山ほど――」

すぐに父の姿が見えなくなり、リーゼロッテはウォルドへ視線を戻す。が、彼は彼女を抱き上げ、近くにあるゴンドラへ乗り込んだ。

「陛下、お待たせしました」

しばらくしてエリアスがひとりの兵士を連れて階段を下り、乗り場からゴンドラへ乗り移る。

ウォルドの膝の上で横抱きにされているリーゼロッテの無事を確認して、安堵の息を漏らした。

「リーゼロッテさまが、ご無事でよかった」

「ご心配おかけしました」

「いえ。とにかく、先に城へ戻りましょう。――出してくれ」

エリアスが兵士に命令し、ほどなくしてゴンドラはゆっくりと静寂を取り戻した運河を流れる。

「……」

さっきまでのことが、まるで嘘のように穏やかだ。

ウォルドの腕の中はあたたかく、頭を撫でる手のひらが安心を連れてくる。もう何も考えず、このままでいたい。本当なら聞きたいことは山ほどあった。なぜあそこにウォルドがいたのか、父は何をしているのか、そしてどうして待ち構えることができたのか。

しかし、そんな疑問は彼の甘い腕の中ではどうでもよくなる。

もう少し、もう少しだけこうしていたい。

そう甘える心とは裏腹に「だめ」だと警鐘が鳴った。

リーゼロッテは己の甘えを堪えるように、ウォルドの腕の中から、そっと抜け出す。

「陛下」

「ん？」

「急ぎ、お話したいことがあります」

真剣な眼差《まなざ》しで問う。

ウォルドは、リーゼロッテの頭を撫でながら、今夜の月を語るように言った。

「バルフォア家のことか？」

どうしてそれを。

喉の奥まで出かかった言葉を、呑む。目を白黒させるリーゼロッテに微笑み、ウォルドは頭を撫でていた手で、その頬を優しく撫でた。

「ちゃんと、わかっている。――ガロンが、すべての元凶だってことはな」

「……そうなのですか？」

「そうだとわかったのは、リーゼロッテのおかげだよ」

ウォルドの言っている意味が、残念ながらわからない。

困惑した表情をしたリーゼロッテに、ウォルドの向かいに座っているエリアスが続けた。

「リーゼロッテさまを誘拐したところから、足がついた、とでも言いましょうか」

ますます意味がわからなくなっていると、今度はウォルドが続ける。

「リーゼロッテは、この国に〝人さらい〟が出るという噂を、聞いたことがないか？」

「あ、あります。この間、お姉さまに教えていただきましたから。……では、やはり……」

「まあ結論を急ぐな。実はな〝人さらい〟は、今に始まったことではないんだ」

「え？」

「昔から、少しずつ行方不明者が出ていてね。それを把握してからは、王家も一連の事件を調査していた。調べていくうちに、他国でうちの国民が秘密裏に売られていることまでは掴めていたのだが、そこまでしかわからなかったんだ。誰が、どのような手引きで、どうやって人をさらっているのか、……日々何かしら問題が出る中で、それを見つけるのは至難の業だ」

「王家も手を焼いていたのです、これでも。しかしながら、ここ最近、噂になるほど人がいなくなっていることに、六公爵家が気づきましてね。アドルナート家を筆頭に、調査へ乗り出してくれたんです」

アドルナート家は六公爵の中でも、大きな港を持つ、力の大きな家のことだ。

ランバート家も、かの家とは懇意にしており、家族ぐるみで仲良くしていたから、その存在はよく知っている。

「その結果、ガロンが怪しいという——可能性の話をされた」

「可能性？」

「彼らの話が事実かどうか、それを見定めるのが陛下の役割です」

「分け隔てなく六公爵と親睦を深めていた王家としては、バルフォア家以外の者の話を、おいそれと聞き入れるわけにはいかなかったんだ。それが、明らかに怪しくて、話の内容に信憑性《しんぴょうせい》があったとしても、公正に判断しなければならない。声と数だけが大きい家を支持するわけにはいかないだろう？」

「……そうですね」

「そこがまた、悩むところではあったのだけれどな」

困ったように笑うウォルドに、エリアスが続ける。

「つまり、王家としては〝ガロンが誘拐に関わっている事実〟さえあれば、動けるという状況でした。そのため、今回リーゼロッテさまが誘拐され、それを手引きしたのが娘のアンナさまであることが明るみにされたので、すぐに王家は動けたということです」

だから、リーゼロッテのおかげだと、ウォルドは言ったのか。

頭の中で少しずつ、浮かんでいた疑問符が解消されていく。

「ですが、本来ならば、このような事態にならないために、バルフォア家以外の六公爵家にいろいろと動いてもらい、リーゼロッテさまをひとりにさせないよう、機転を利かせて昼間も陛下と一緒に過ごしていただいていたのですよ……」

落ち込む様子のエリアスからウォルドへ視線を向けると、彼は苦笑した。

「バルフォア家の娘が城にいるのだ、最低限の対策は必要だろう？　それも誘拐などという恐ろしい行為が国内で行われているんだ、ちゃんと俺の目の届く場所にいてほしい。それで、リーゼロッテには、昼間に執務室にいてもらったんだよ」

「……そうだったのですか」

「ひとりにして、何かあったら……」

そこで区切ったウォルドは、急に腕を伸ばしてくる。何事かと思うリーゼロッテの頭の後ろに手を回し、己の胸元へ顔を引き寄せた。

「後悔した。……視察先で、リーゼがいなくなったと聞いたとき、生きた心地がしなかった。危険な目に合わせて、申し訳ない」

切ない声に、胸がきゅうと締めつけられる。

「本当ですよ。最悪の事態にならないよう気をつけていたというのに、結果、このような事態になったのはこちらの落ち度です。リーゼロッテさまに、心からお詫《わ》び申し上げます」

ウォルドとエリアスの謝罪に、リーゼロッテは慌てて腕の中から顔を出す。

「え、あ、ウォルドさま、エリアスさま、そんなことは……！　そもそも、今回は私の不注意が引き起こしたことで、冷静に考えればわかることを冷静になれないでいた理由があってですね⁉」

自分にも非があったことを、あたふたと説明するリーゼロッテに、ウォルドが問う。

「……冷静になれないでいた、理由？」

それはなんだ。

言葉の裏に隠された疑問を、ぶつけられる。

「あ、……その、焦っているアンナさまの話を最後まで聞かず、……陛下の大事な……と、言われて、咄嗟にミアさまがいなくなったのかと勘違いいたしました……」

「……ミア？」

「はい。お、お恥ずかしい話なのですが、ミアさまが勝手に部屋を出たのかと……」

「そんな報告は受けていないが」

「私も、知りません」

顔を見合わせるウォルドとエリアスのやりとりで、リーゼロッテは心からほっとした。

薬を嗅がされたとき、ちらりと窓辺に見えたのは白い姿だけで、本当にあれがミアだったのか自信はなかった。そのため、こうしてふたりのやりとりを聞いて、ミアが無事なことに安堵する。

「ああああよかった。私、もしミアさまが、ひとりで寂しく鳴いていたらと思うと……、ああああもうこの胸が張り裂けんばかりの勢いで苦しみまして……！　それで……」

「部屋を飛び出したのか？」

確認をするウォルドに、リーゼロッテは恥ずかしげに頷いた。

「はい」

申し訳なさそうに視線を落とすリーゼロッテを、すぐにウォルドが抱きしめる。それも、どこか壊さないよう配慮も伝わるぐらいの力で。

「あ、え、ウォルドさま⁉」

「こんなにかわいい生き物を、俺は見たことがない。どうしてくれる、エリアス！」

「どうするもこうするも、そんなことを私に聞かないでくださいよ」

「そんなに、心底どうでもいいというような顔をするな」

「……私は生まれたときから、こういう顔です。まあ冗談はさておき」

「冗談だったのか」

「ミアに関して、ここまで心配をしてくださるのは、ありがたいですね」

リーゼロッテをよそに、昔なじみのエリアスとウォルドのやりとりが聞こえる。いつもならふたりが仲良しな和やかな空気に、リーゼロッテも癒やされるのだが、今はそれどころではない。この空気を壊すのは申し訳ないと思いながらも、身じろいだ。

「あの、ウォルドさま……！」

「んん？　なんだ、リーゼ？」

無理やり腕の中から抜け出したリーゼロッテは、ウォルドを見上げる。

「まだわからないことが……」

「ああ、それなら」

そう言ってゴンドラの先へ視線を上げるウォルドに倣い、リーゼロッテも顔を上げた。

「本人に聞けばいい」

視線の先に、王城があった。

ゴンドラはほどなくして城の中へ入っていき、城の主を待ちわびた側近たちによって出迎えられる。ゴンドラから降りたリーゼロッテは、ウォルドたちに連れられ、知らない部屋へ通された。そこで身分を隠すように羽織っていた黒いフードを取ったウォルドとともに、ベルベットの垂れ幕から出る。

どこかで見たことのある部屋だなどと思いながら赤い絨毯を歩いていると、視界の端でふたりの女性が跪いていた。どこかで見たことのあるシルエットを横目に、玉座が近づいてくるのを見て、ここが謁見の間であることを知る。

初めてここへ来たとき、正面から見ていた空の玉座にウォルドが座るのを見届け、リーゼロッテは玉座の隣に立った。目の前では、頭を垂れるふたりの女性のうちのひとりが、顔を上げた。

「──お待ちしておりました、陛下」

涼し気な声とともに現れた姉の顔に、リーゼロッテの胸がいっぱいになった。

「それから、リーゼロッテぇえええええ！　ああああ、無事でよかった、よかったわぁああああッ！」

今にも駆け出さんばかりの勢いで名前を呼ばれ、リーゼロッテも同じ気持ちだと胸で手を重ねる。ロゼリアに駆け寄りたくても、姉の手が掴んで離さない相手を見たら、ぐっと堪えるしかできなかった。

「……私もお姉さまに会いたかったわ。……けれど、その、お姉さまがその手にしている方は……もしかして」

「アンナよ」

呼び捨てだった。そこに相手を敬う気持ちだと、これっぽっちもない言い方だ。

どんなに嫌なことを言われようがされようが、必ず敬称をつけていた姉には珍しい。

きっと、リーゼロッテの誘拐を手引きしたことで、ロゼリアの逆鱗《げきりん》に触れたのかもしれない。

そして精神的苦痛を味わわせながら、じわじわとアンナの心を殺していったのだろう。

彼女の表情から生気が消え、怯《おび》えしかなかった。

（……お姉さま、何をなさったの……）

逆に気になるリーゼロッテだが、ここでそれを気にしたら負けだと思い、気を取り直す。

「さて、と。では、話してもらおうか」

玉座に腰を掛けたウォルドが、いつもの緊張感を身に纏わせる。

アンナは視線を彷徨わせてから、下へ落とした。それを隣で見ていたのか、ロゼリアが耳元で何かを囁く。みるみる表情を変えていくアンナが、苦しげにウォルドを見た。

「……すべては、父の……命令……でした」

ぽつり、ぽつりとアンナは話し始める。

家督を継ぎたいガロンが、ロゼリアが一方的に婚約を解消した話をどこかで聞きつけ、アンナに「またとない好機だ」と喜んだことがきっかけだったらしい。

アンナは、諦めかけていた王妃になれるのなら、どんなことでもすると言い、ガロンはそれを応援してくれた。これで、アンナが王妃に決まれば、きっと祖父である現バルフォア公爵も家督を父に譲るだろうと思い、家のために、自分のために、ここで婚約者候補として過ごしてきた。――が。

「陛下が……！」

「……俺が、なんだ？」

「……ッ」

そのとき、目にいっぱい浮かべた涙が、ぽろぽろとアンナの頬をすべり落ちていく。アンナはぐ、と一度喉を鳴らしてから、訴えるように言った。

「どんなにお誘いしても、全然手を出してくださらないのがいけないんです……!!」

彼女の涙ながらの訴えに、謁見の間にいる全員がいたたまれない気持ちになる。そんな中、リーゼロッテだけは、そんな馬鹿なと目を丸くした。

「陛下と一緒に過ごせる夜は、今日を入れてあと三日しかないのに、それはもう見事なまでに手を出してくださらなかった！　数時間一緒におしゃべりをして、私をもっともっと好きにさせて、今日が終わる鐘の音で寝室を出ていってしまうのよ!?」

朝、食堂で顔を合わせるたびに、アンナから嫌味を言われていたリーゼロッテは信じられない思いで聞いていた。彼女の言っていることがすべて真実だとするなら、今まで彼女に言われた言葉はすべて嘘ということになる。

ぼろぼろと涙をこぼしていたアンナが、悔しさを露わにリーゼロッテへ視線を移した。

「それなのに、ある日彼女の肌にくちづけの痕を見つけた」

睨《にら》みつけるようにリーゼロッテを見るアンナの言葉に、少し後ろにいたエリアスが出てきて、ウォルドへ囁く。

「……陛下」

「すまん」

咎めるようなつぶやきに、ウォルドも小さく応えた。しかし、そんなことなどアンナには関係ない。自分の思いをぶつけるように、叫んだ。

「だから私は、このままでは王妃になれないと思って、お父さまに相談したの。そうしたら、……そうしたら……ッ」

そこから、涙の訴えは怯えへ変わっていった。

誰が、何をどう言ったのかはわからないが、自分がしでかしたことは理解しているのかもしれない。視線を落とし、声を震わせた。

「……今日、この時間に人を向かわせるから、庭園にリーゼロッテを誘い出せばいい……って、言われて……」

「言われたとおりにした、と？」

「少し、こらしめてもらえればそれでよかったんです。でも、彼らは違った。様子を見ていた私の目の前で、リーゼロッテに薬を嗅がせてあっという間に連れ去ってしまったわ……。あ、あ、あんなふうになるとは思わなくて……、お父さまが人さらいに加担しているなんて……、そんな、そんな恐ろしいことも知りませんでした！」

必死になって「自分は知らなかった」と言うアンナに、ウォルドは小さく息を吐いた。

「陛下、それは本当です」

すかさず、ロゼリアが続ける。

「私が彼女を見つけたとき、この子は部屋の隅で丸くなっておりました。魔法のように消えたリーゼロッテを見て、自分が王妃になれなかったら、同じように消されるのかもしれない、と怯えていました。それは確かです」

「……」

「ま、そのあと、自分のことしか考えていないこの子に、自分が何をしでかしたのか、この国で何が起こっていて、そこに自分の父親がどう関与しているのかを、事細かに全部話してようやく罪の意識が……多少は出てきた、というわけです」

「……なるほどな」

「陛下、信じてください、私は、私は何も……ッ‼」

なおもウォルドへ「知らなかった」と懇願するアンナだったが、一瞬にしてその表情が固まった。視線の先にいるウォルドを横から見ると、その瞳は見たこともないほど冷えていた。

相手に優しさを見せることすら、無駄だと思っているかのような彼を見て、背筋がぞっとする。

「何も知らなかったから、自分に罪はないとでも？」

低く、冷えた声が周囲に緊張感を与えた。

「本気でそう思っているのなら、もう話すことはない」

「……陛下、私は」

「俺は公平を期すために、それぞれの部屋へ行くときは、相手のことしか考えないようにしていた。それは比べるためではない。ちゃんと相手と真剣に向き合うためだ。俺も男だから、当然そういう気持ちになったら、手ぐらい出るだろうな。それがなかったということは、あなたに魅力がないからだ」

「……ッ」

ほろり。目にたまった涙が、アンナの目からこぼれ落ち、絨毯に染みを作った。

「俺のせいで心が傷つけられたのなら、謝ろう。すまなかった。――しかし、それを理由に他人を傷つけていい理由にはならない」

「……」

「そんなこともわからない者に、俺の隣は任せられない」

ウォルドは小さく息を吸い、静かに口を開いた。

「アンナ・バルフォアに告げる。このまま孤児院へ赴き、自分の行いを心から懺悔するまで、その身でもって奉仕することを命じる。心から懺悔したと、俺が思うまでは家に帰れないものと思え」

「……」

「いいな」

「……はい」

「おまえの父も今ごろはランバート公や、他の六公爵たちによって捕らえられていることだろう。親子仲良く牢《ろう》に入れることも考えたが、今回の取引場所をガロンから聞き出してくれた礼もある。おまえがいなければ、事前に誘拐を防ぐことができなかっただろう。それを含めての結論だ。他に何か言いたいことは？」

すっかり意気消沈した彼女に、ウォルドの声は届いているのだろうか。

呆けた様子で何も言わないアンナに、ウォルドはこれ以上の問いを重ねることをしなかった。

「連れて行け」

手短に用件を騎士へ言い渡した直後、両脇から身体を支えられるようにして騎士たちに連れて行かれ、静かに謁見の間のドアが閉められる。玉座の前には、ロゼリアしかいなかった。リーゼロッテが、傍らにいるウォルドやエリアスに視線を向けると、ふたりは頷いてくれた。

「お姉さま……ッ‼」

リーゼロッテはその場から駆け出して、ロゼリアの腕の中へ飛び込む。

しっかりと背中に回ったロゼリアの腕の力が、いつかの日のように彼女の心配を伝えてきた。

「もう、リーゼの馬鹿！」

「お姉さま、ごめんなさい。ごめんなさいッ」

「本当よ、まったく！」

腕の中にいる妹に頬ずりをして無事を確認したロゼリアは、ぎゅぅぎゅぅとリーゼロッテを抱きしめる。やわらかで、ふかふかな胸元に頬を擦り寄せると、甘い香りに落ち着いてきた。

「……ところで」

「ん？」

「お姉さまも、お父さまや他の六公爵のみなさまと、情報を共有していたの？」

「え？　あ、私は……」

「──連絡係です。陛下と他の家との」

続けたエリアスが、ゆっくりと玉座から下りてくる。

「……うん、まぁ、そういうこと。婚約者にはリーゼロッテがなってくれたし、事情を知って自由に動き回れる人間がひとりぐらいいたほうがいいってことになったのよ。女の私のほうが、いろいろと都合がいいでしょう？　それでお父さまとお母さまと、他の六公爵家のみなさまと情報をかき集めて、陛下へ連絡していたってわけ」

「……そうだったの」

楽しいことが大好きなロゼリアには、わくわくするような話だっただろう。

普段からロゼリアは自由気ままに外を出歩き、父によく怒られている。その特性を理解したうえで、父もロゼリアに頼んだのかもしれない。

「リーゼ、あなた今、私がやりたがりそうな話って思ったでしょ」

「え」

「まあね、それは正解。だからと言って、この話のせいで婚約解消したなんて思わないでちょうだい。私がこの話を詳しくお父さまから聞かされたのは、婚約解消発言のあとなんだから」

ロゼリアが言うには、バルフォア家の恐ろしさをわかっていない自分の態度に危機感を覚えた父が、それはまあいろいろとしゃべってくれたそうだ。

「それで提案したの。私が陛下や他の家との連絡係になるから、お父さまたちは自由に行動してって。つまり、強引にこの話に入ったのは、私なのよ。だから、あなたのことを仲間外れにしたわけでも、するつもりもなかったわ。……その、確実に危険な話ではあったから、お父さまもお母さまも、リーゼロッテを巻き込みたくなくて何も話さなかったのは本当よ。リーゼロッテが、ここで陛下に守られていてくれたから、私もお母さまも、お父さまだって安心して行動できたの、だから、この婚約は疑わないで」

いつにも増して真剣さを伝えるロゼリアの凛とした美しさに、リーゼロッテは息を呑む。いつもより言葉が多いのは、きっとリーゼロッテにここだけは誤解されたくないのだろう。

そのまなざしに込められた真剣な思いを受け取り、リーゼロッテは素直に頷いた。

するとロゼリアの顔がみるみる綻んでいく。

「みーんな、あなたのことを心配して、あなたの幸せを願っているわ」

大丈夫、あなたは愛されているのよ。

と、伝えるように、微笑んでくれた。

「だから、あとは――きゃあッ」

話の途中でロゼリアを軽々と抱き上げたのは、エリアスだ。長い髪を揺らし、珍しく驚きを顔に出すロゼリアを腕に、リーゼロッテを見下ろす。

「残りは、陛下に聞いてください」

「……え？」

「彼女には、私が〝褒美〟を与えなければいけないことになっていましてね。――陛下、そういうわけで、私は下がらせていただきます」

「ああ」

「では、リーゼロッテさま、私たちはこれで」

今までにない微笑みを浮かべたエリアスが、ロゼリアを抱いて謁見の間から出ていった。

（お姉さま、あんなに頬を染めて……）

ロゼリアのエリアスを見つめる顔は、まるで薔薇の花が咲いたように赤かった。

今まで見たことがないぐらい頬を染めたロゼリアを見たのは、初めてだ。これがどのような状況なのか、理解が追いついていないリーゼロッテの元へ、今度はウォルドが玉座から下りて近づいてくる。

「あれが、ロゼリアからの俺に対する提案だった」

「え？」

隣に立ったウォルドを、呆けたリーゼロッテが見上げる。彼は口元を綻ばせて、座り込んだリーゼロッテを抱き上げると、穏やかに微笑んだ。

「場所を、移そうか」

そのひと言に、頷いた。

●・○・●・○・●

ウォルドに連れてこられたのは、明かりの灯っていない執務室だ。

夜に支配された部屋の中、ウォルドは迷うことなく、とあるドアへ手をかける。そこは、リーゼロッテが密かに望んでやまない場所だった。

「……ウォルド……さま」

そこへ彼が足を踏み入れた瞬間から、心臓がどきどきとうるさくてしょうがない。

恥ずかしさで彼の首にしがみつくリーゼロッテは、部屋の中を見ることができなかった。鼻を掠める彼の香りで、全身が包まれているような錯覚すらする。緊張が身体をこわばらせ、ぎし、という軋む音とともにやわらかなそこへ下ろされた直後、彼の顔が現れた。

「……どうして泣くかな」

困ったように笑いながら、ウォルドはリーゼロッテの目元を指先で払う。その優しい声と指先に、リーゼロッテはさらに泣きそうになった。

「こ、ここ」

言葉が喉に張り付いて、何も言えない。

泣きながら口の開閉を繰り返すリーゼロッテに、ウォルドは微笑む。

「俺の寝室」

優しく告げるウォルドの声に、胸が締めつけられる。

「その涙は拒絶？　それとも」

その瞬間、身体が勝手に動いた。

ウォルドに向かって腕を伸ばし、ぎゅっと抱きしめる。あまりにも勢いがよかったのだろうか、ウォルド共々ベッドへ倒れ、リーゼロッテが上になった。彼女の目元にたまった涙が、ウォルドの上着に染みを作る。その頭にウォルドが手を添え、優しく撫でてくれた。

「自惚れていいのなら、嬉《うれ》し泣き……かな」

リーゼロッテはゆっくり顔を上げて、涙ながらにウォルドを見下ろす。

「そうだったら、嬉しいんだけど」

「……ッ」

「ん？」

頭を撫でていた彼の大きな手が、涙に濡れたリーゼロッテの頬を優しく撫でる。まるで、心を聞かせてほしい、とでも言うように、彼は優しくリーゼロッテに触れた。溢れる涙が止まらない。この部屋に入ってから、リーゼロッテの胸は苦しくてしょうがなかった。

ウォルドの優しいまなざしと、そのぬくもりに導かれるようにして、堪えていた気持ちを言葉にする。

「すき」

ずっと、ずっと抱えていた大事な想いを、今ようやく、彼に告げる。

溢れた涙で視界がぼやけていく中、タガが外れたように、リーゼロッテは唇を震わせて続けた。

「好き……、好きです。ずっと、ずっと好きで……ッ」

「ああ」

「お姉さまが婚約者だってわかっていたのに、それでも……」

「好きになってしまったのだろう？」

泣きじゃくるリーゼロッテの涙を拭い、ウォルドは困ったように笑った。

「俺もだ」

「……え？」

それはどういう意味だろう。

わけがわからないリーゼロッテは眦から涙を溢れさせ、きょとんとした。ウォルドは、リーゼロッテの涙を指先で払い、濡れた頬をその手で覆う。

「リーゼロッテが、ロゼリアのふりをして俺と出会ったときから、心の中にあなたがいた」

その瞬間、肌が一気にざわついて涙が止まる。

「え、え？　……どうしてそれを……？　というか、い、いつ、いつから私が……」

姉との入れ替わりがわからないよう、リーゼロッテはロゼリアに〝あの日〟あったことを、すべて伝えた。入れ替わりが露呈して、ロゼリアが責任を問われないようにするため、あれだけ詳細に話をして口裏を合わせていたというのに、なぜ見破られたのだろうか。

驚きで呆けるリーゼロッテに、ウォルドは一度視線を逸らしてから困ったように微笑んだ。

「最初から」

「!?」

「正確には、本物のロゼリアと会ったときから、だ」

「え、ええ!?」

よけいに頭が混乱してきたリーゼロッテに苦笑し、ウォルドはよしよしと頭を撫でながら続けてくれた。

「〝ロゼリア〟と呼ばれる女性と再び会ったとき、つまり、この間なのだが、なんとなく最初に会った雰囲気と違う気がしたんだ。試しにあの日のことを話題に出しても、平然とした様子で話していたから俺の気のせいだと思ったんだが……、やはり何か違うという違和感だけがつきまとった。それで、つい言ってしまったんだ」

「何を……ですか？」

「あなたと会ったのは、これで二度目のはずですが、初めて話した気がします。〟ってね」

「お姉さまは、なんて？」

『そのとおりよ』

「──と、言われたよ」

淀《よど》みのない声ではっきり言ったのだろう。リーゼロッテの脳内で、そう言ったロゼリアの声が聞こえてくるようだった。

「……すみません」

「ああ、いや、別にそれはいいんだ。目の前にいる女性と初めて会ったのであれば、仮面舞踏会で出会った女性は誰なのかと思っただけだから。そうしたら、ロゼリアはあろうことか俺に、提案という名の交換条件を出してきた」

『誰なのかを教えたら、私の願いを叶《かな》えてくださいます？』

「もちろん、俺に叶えられることならいいと言った。事実、叶えられない願いを言われても、俺は叶えることはできないからな。そうしたら、彼女が婚約破棄を言い出したんだ」

そのときのやりとりを思い出しているのだろう。ふふ、と笑いながらウォルドは続けた。

「仮面舞踏会で俺に会ったのは自分の妹で、私は他に好きな人がいる。できればその人と結婚したいから、婚約を破棄して俺に妹と一緒になってくれってね」

姉の言いそうなことだ、とリーゼロッテは思った。

「……お姉さまったら……」

「その後で、たぶんバルフォア家の一件を聞いたんだろうな。ランバート公の報告を持ってきたロゼリアから、ちゃんとした提案があったんだ。この一件が無事に片付いたあと、少し危険なことをする自分にもご褒美がほしいと。それが……」

「エリアスさま！」

「そうだ」

どうやら、ロゼリアの言っていた〝好きな人〟というのは、宰相のエリアスだったらしい。ウォルドが「エリアスと結婚させてほしいと言わないのか」と問うと、ロゼリアは「そんなことをしても、自分のものになったという気がしません」と答えたそうだ。

なんとも姉らしい答えに、リーゼロッテは思わず笑ってしまった。

「……そうだったんですか」

「ああ。今ごろ、ロゼリアはエリアスに褒美をもらっているはずだ。どんな褒美かまでは……、俺にはどうでもいい」

急に甘くなった声と頬を撫でる彼の指先で、視線を向ける。

「リーゼロッテさえ、いれば」

そこには、胸を苦しくさせるような、愛しい人の笑顔が待っていた。

彼の手のひらに猫のように頬を擦り寄せ、リーゼロッテもまた微笑む。思いを返すように。

「ずっと、ずっと、ウォルドさまと一緒にいたかった……。初めて出会ったあの晩から、私の心はあなたのことばかりでした」

愛しげに目を細めたウォルドが、リーゼロッテの両頬を挟むように手で包んで引き寄せる。

互いの吐息が交わったと思ったら、唇が軽く触れた。

「愛している。――一生、俺の隣にいてほしい」

懇願するような甘い声に、心臓がこれでもかというぐらいに高鳴る。

息苦しささえ覚え、ときめきから言葉が出ない。それでもリーゼロッテは、ウォルドの唇に己のそれを押し当て、泣きながら微笑んだ。

「はい」

溢れる涙がウォルドの顔に落ち、その頬を滑り落ちていく。

彼もまた嬉しそうに微笑み、リーゼロッテの目元を指先で拭った。涙がまたウォルドの頬へ落ち、流れる。それを厭うことなく受け止め、ウォルドはリーゼロッテの涙を拭ってくれた。

「……ごめん……なさい」

「何が？」

「……ウォルドさまのお顔……、いっぱい……濡らしちゃって……」

涙ながらに言うと、彼の優しい指先が止まる。

「ウォルドさま？」

涙で歪んだ視界では、ウォルドの表情はよく見えなかった。どうかしたのだろうか。リーゼロッテが小首を傾げると、彼はリーゼロッテの背中と頭の後ろに腕を回してぎゅっと抱きしめてくる。

「はぁああああ」

「え？　あの」

「リーゼロッテといると、なんだか俺は変た……」

（……へんた？）

彼が途中で呑み込んだ言葉を頭に思い浮かべてはみるが、その先がわからない。が、その先を問おうとするよりも先に、ウォルドが続けた。

「だめになる」

「だめ……ですか？」

「ああ」

「……それは、私のほうかと」

「んん？　どういう意味だ？」

「こうしてぎゅっとしているだけでは、足りません」

「何が」

「ウォルドさまが」

ふふ、と笑いながらウォルドにしがみついて、リーゼロッテは頬ずりをした。

「好きすぎて、好きが止まらなくなります」

触れ合うところから生まれたぬくもりだけでは、足りない。何がどう足りないのか説明できないが、心がウォルドをどうしようもなく求めていることだけはわかった。

「大好きです、ウォルドさま」

溢れる想い《スキ》が、止まらない。

「……ああもう」

「はい？」

「いけない子だね、リーゼロッテは」

と、言うよりも早く、ウォルドはリーゼロッテを抱きしめたまま上半身を起こす。相変わらず彼の上に乗っている体勢になり、熱くて硬い感触を秘所に感じて頬を染めた。

「あ、その」

ウォルドの顔を見ることができずに俯くと、頤《おとがい》にそっと指がかかる。それはゆっくりとリーゼロッテの顔を上げさせ、ウォルドと視線を合わせてから離れていった。

美しい碧い瞳に熱く射抜かれ、その妖艶な表情に心を奪われる。

美しく猛々《たけだけ》しい神を、目の前にしているような気分だった。

「足りないと思っているのは自分だけだと思ったら、大間違いだよ」

ウォルドの手の甲が頬を撫でていき、腰骨のあたりがざわつく。ひく、と肩が小さく揺れたあと、彼の大きな手が頬を覆った。ぴり、とした感覚を肌に感じて首を軽く竦めると、ウォルドの唇が迫っていた。

「——ん、ぅ」

名を呼ぼうとした唇は、彼のやわらかなそれに塞がれ、黙らされる。

何度となく優しく触れあう唇から、甘さがにじみ始めた。

「ん、ぁん、ん……ウォルド……さま……」

はむ。下唇を食んだウォルドが、嬉しそうに目を細める。褒めるように頭の後ろを優しく撫でられたら、ぞくぞくとした甘い痺れが肌をざわつかせた。

「んんッ」

まとわりつく快感に、身体が震えた拍子にそっと舌が差し込まれる。ぬるりとした感触とともに入ってきた彼の舌が、舌先に触れた。どこか許可を得るような遠慮がちな動きに、リーゼロッテは自然と舌を伸ばして、自分からも擦り寄った。重なるところから甘さがにじみ、互いに絡み合うようになると、リーゼロッテの手もウォルドの首の後ろへまわる。

「ん、んぅ、ん、んッ」

互いの舌を擦り合わせ、時折ついばむように吸い合った。

少しずつ、ゆっくり、互いを探り、知るような愛撫に変わり始めていく。それが気持ちよくて、リーゼロッテはウォルドのくちづけに耽っていた。もっともっとと舌先を絡め、唇を押し当てる。彼の唇が離れたのを追いかけるように、閉じていた目を開けた。

「……ウォルドさま？」

思いのほか舌っ足らずに聞こえるのは、まだ舌先が甘く痺れているからだろう。

うっとりと彼を見るリーゼロッテに微笑み、ウォルドは抱きしめるように彼女の背中へ両手を回す。

「んんッ」

首筋へ吸いつく唇の感触に首をすくませ、甘い声を殺していると、背後から紐《ひも》のこすれる音が聞こえた。しかし、何をしているのだろうかという疑問は、彼の愛撫によって霧散され、ただ水面にたゆたう花びらのように、身を任せる。

愛撫の合間に何か言われて、そのとおりに身体を動かしていたら、気づいたときにはコルセットはおろか、ドレスも綺麗さっぱり脱がされていた。

「……リーゼロッテの身体、ここから見ると月の光を浴びて……とても綺麗に見える」

浮き出た鎖骨を辿り、丸みを帯びた肩を撫でて二の腕から手まで、彼の手がリーゼロッテの身体の輪郭をなぞるように下りてくる。最後にリーゼロッテの指先を掴んで持ち上げると、その甲へくちづけた。

まるで、誓いのくちづけのようだった。

やわらかな感触が離れていくのを前に、リーゼロッテは指先が離れる前に彼の手を掴んで、そっと裏返しにする。

「……リーゼ？」

不思議に思うウォルドの声を聞きながら、静かに手の甲へくちづけを贈った。

唇を離し、ゆっくり目を開けると、呆けた顔のウォルドがいた。それを見て、リーゼロッテは幸せを微笑みに変えて、はにかむ。

「私も」

彼が手の甲へしてくれた誓いを、返したかった。

その瞬間、ウォルドがそのまま後方へ倒れていく。

「わ、わわッ」

当然のことながら、彼の指先を握っている（握られている？）リーゼロッテもまた、一緒になって彼の胸へと倒れ込む。慌てて顔を上げると、いつの間に手の中から抜け出たのだろうか、彼は右手で目元を覆い、左手でリーゼロッテの背中を支えるように抱いていた。

「……ウォルドさま？」

問いかけるリーゼロッテに、ウォルドは右手をずらしてちらりと見る。それから小さく息を吐いてから、右手でリーゼロッテの頭の後ろを掴むと、自分のほうへと引き寄せた。

「ん、んむ」

再び唇が重なる。

やわらかな感触が触れると当時に、リーゼロッテの下腹部に当っている熱がさらに大きくなった。熱と硬度を主張するそれは、リーゼロッテのナカに入りたいと言わんばかりにすり寄ってくる。それがちょうど割れ目におさまるせいで、茂みに隠れた花芽を直接刺激してしょうがなかった。

「んんッ」

「……リーゼ、腰上げて」

頭の後ろから手が退けられ、リーゼロッテが唇を微かに離すと、ウォルドがねだるように言った。言われるままに腰を上げ、少し濡れた唇に誘われるまま、今度は自分からくちづけた。

「ん、んぅ、ん、ん」

彼の唇を何度も食み、教えられたとおりに舌を這わせる。

ときおり唇をちゅ、と吸えば、ウォルドの肩が小さく揺れた。その反応が嬉しくて、リーゼロッテはウォルドへのくちづけに耽っていく。――その間に、彼の熱が窮屈なトラウザーズから解放されたとは知らずに。

「……リーゼロッテ」

かすかに触れ合わせた唇を動かし、ウォルドが名を呼ぶ。その右手は、むにむにとリーゼロッテの丸みを帯びた白い臀部を揉《も》み込《こ》んでいた。なんだろうかと思っている間に、彼の手がゆっくりとリーゼロッテの腰を下ろしていき、くちづけだけで潤んだ秘部へ熱が触れる。

「んッ」

何度か受け入れている彼の熱を入り口に感じ、思わず身体を硬くした。

ウォルドは大丈夫だと言うように、リーゼロッテの唇を舐める。唇を割って入ってきた彼の舌が、なだめるようにリーゼロッテの舌へ絡みつくと、入り口にあてがわれた熱が少しずつ入ってきた。

「ん、んんッ」

触れ合わせる舌が、甘い。――そして、彼のむき出しの欲望が硬くて熱い。

大きいそれはリーゼロッテの引くつく肉壁をなぞるように入り、奥を目指す。溢れる蜜は潤滑油の役目を負い、熱を咥えこんでいくそこが濡れていることをリーゼロッテに教えた。

「んぅ、ん、んんんーッ……っはぁ、あ、ウォルドさま、熱い……ッ」

「リーゼロッテが欲しくて……、っく、あー、すごくしがみついてくるッ。あと。もうちょっと……ッ」

「あ、あ、ぁあ」

ずぷずぷと入ってきた熱が最奥に当たった直後、身体を何度も震わせる。

しっかり彼の熱を咥え込んだリーゼロッテは、ウォルドと繋がったまま上に乗っていた。下から貫かれるような感覚に、身体を起こすことができない。寄せては返す快感に身体を引くつかせ、彼の熱を抱きしめた。

「リーゼロッテ……、大丈夫か？」

「……はい」

「すまない。……もう、我慢ができなかった」

頭にくちづけられ、嬉しさから胸が締めつけられる。

「ん、かわいいな。これぐらいで喜ぶなんて」

「……え？」

「今、ナカが嬉しそうに俺を締めつけた」

ふふ、と笑うウォルドを見て、リーゼロッテは羞恥のあまりに彼の胸に顔を埋めた。

「ああ、顔を隠さないでくれ」

「無理です、見ないでください……！」

「どんなリーゼでも、俺はかわいいと思うがな」

「……ウォルドさまは、私に甘いです」

「好きな女に甘くない男など、どこにいる」

楽しげに言うウォルドの言葉を聞きながら、リーゼロッテはゆっくり上半身を起こす。彼の胸に両手を置いて、身体を支えるように起き上がると、下から貫かれる感覚に肩が震えた。

「んッ」

「……顔を、見せてくれる気になったのか？」

ウォルドが、頬へかかった髪を退かすようにリーゼロッテの頬を覆った。そこへ頬をすり寄せ、リーゼロッテは微笑む。

「ウォルドさまが、私を好きな女だとおっしゃってくださいました」

「本当のことだからな。……もっと聞きたいのなら、いくらでも言おうか？」

「……では、好き、と」

「……」

「いっぱい、ウォルドさまの心を、私に聞かせてください」

強請るように言うと、ウォルドは口元を綻ばせ、愛おしげに言った。

「好きだ」

心臓が、苦しいくらいに締めつけられる。

胸いっぱいに広がる幸せは、言葉にできない。

あたたかくて、苦しくて、泣きたくなるぐらいくすぐったくて、それでいて——甘い。

〝すき〟のたった二文字が、こんなにも甘美な響きに聞こえるとは思いもよらなかった。

「……好きだよ、リーゼロッテ」

嬉しい。

リーゼロッテはウォルドを見下ろし、微笑んだ。

「私もです」

幸せそうに微笑むリーゼロッテを見上げ、ウォルドは少し意地悪な笑みを浮かべた。

「知ってる」

「え？」

「俺が好きだと言うたび、さっきからココが俺を締めつけて離さないからな」

「⁉」

「素直な身体だ」

ふふ、と笑うウォルドに「いやらしい」と言われているような気がして、リーゼロッテは再び顔を覆おうとしたのだが、それよりも早く彼の手が腰に添えられる。

次の瞬間。

「ひゃんッ」

腰を前後に揺さぶられ、変な声があがった。が、それだけでは終わらず、ウォルドはリーゼロッテの腰を何度となく前後に揺らす。ずちゅ、ずちゅ。繋がっているところから、少しずつ淫靡な水音が響き、茂みに隠れた花芽が彼の熱によって擦れ始める。

「ん、ん、ぁ、……んんッ」

「……いいよ、リーゼ。気持ちいいところを探して……、そう。……ほら、声が変わった」

「あ、あ、ッ」

少し前傾姿勢になると、ちょうどいいところに花芽が擦れて気持ちがいい。

そこを見つけると、彼の手の動きがなくても勝手に腰が動いた。腕の間にあるふたつのふくらみが、ウォルドを誘うようにふるふると揺れる。ああ、気持ちがいい。腰が止まらない。リーゼロッテが甘い行為に夢中になってくると、ウォルドの両手が伸びて、支えるように胸を揉み上げられた。

「あぁッ。……ウォルドさま、そっちは……ッ」

だめ。

そう続けたかったのだが、指先が早速尖り始めた胸の先端を弾くので言葉にならなかった。

「あぁッ」

白い背中をのけぞらせ、甘い刺激に耐える。しかし、それでもウォルドの指先は止まらない。

恍惚とした表情でリーゼロッテの胸を揉んでは、指先で突起を弾き、いいこいいことこすってくる。それも両方一緒にいじるのだから、快感が一気に膨れ上がった。

彼の熱にこすれる花芽も気持ちよければ、胸の先端をかわいがられるのも気持ちがいい。

だめ。気持ちいい。だめ。欲望にまだ素直になれないリーゼロッテの心に、相反するふたつの気持ちがせめぎ合う。しかしそれも、後ろから追いかけてくる快感に捕まってしまえば、すぐに欲望へと染められてしまう。

「あ、あ、あぁッ」

「ああ、いいよ。締めつけ……、キツくなってきた……ッ。ん、あッ」

「ウォルド……さま、ウォルドさまぁ……ッ」

もう目の前に、真っ白い世界が待ち構えていた。

腰の動きが知らない間に速くなり、ウォルドの指先が乳首を弄ぶ。胸の先端から甘い痺れがナカをわななかせていると、恍惚とした表情で痴態を眺めていたウォルドが、リーゼロッテの甘く尖った乳首をきゅっとつまんだ。

「――ッ⁉」

その瞬間、目の前が真っ白に弾け、身体が宙へ投げ出される感覚に背中をのけぞらせた。

「ッあぁ――ッ、や、あ、あぁあぁあッ」

はしたなく声を上げても、まだつままれている乳首が快感へなおも押し上げる。

彼を咥えているナカがひくひくと引くつき、その熱を愛おしげにきつく抱きしめた。

「ん、っはぁ、あ、あぁッ……や、も……ッ」

大きな波が通り過ぎ、身体を小刻みに揺らしていると、乳首をいじっていた彼の手が離れてリーゼロッテを抱き寄せる。ぎゅっと抱きしめてくれる腕の中で、なおも身体はひくついた。

「……リーゼロッテ」

「んッ。あ……ウォルドさま……」

「かわいかった。……うっかり出してしまいそうなほど、いやらしくてたまらなかったよ」

ちゅ、とこめかみにくちづけたウォルドが、リーゼロッテの耳に唇を寄せる。

「好きだよ」

「んッ」

「リーゼロッテが、愛しい」

抱きしめる腕に力を入れ、ウォルドは少しずつ下から突き上げる。リーゼロッテが上にいるせいか、腰を浅く引いても深く奥まで入ってくるため、実際には少ししかナカをこすられてなくても、貫かれる感覚が強い。

「……好きだ、リーゼロッテ」

耳元で愛を囁かれながら、リーゼロッテの最奥を愛すウォルドに、ただただしがみつくだけで精一杯だった。

「あ、ぁッ、あぁッ」

ベッドの軋む音と、繋がっているところから響く水音が寝室を満たしていく。全身でウォルドに愛されているのを遠くに感じながら、リーゼロッテの意識は快楽に染められていた。

「……リーゼロッテ……ッ」

ぐっと抱きしめる腕に力を込めて、ウォルドが抽挿を止める。何かを堪えるように、ひくひくと身体を震わせたウォルドが、リーゼロッテを抱きしめたまま上半身を起こした。体勢を整えるようにしてリーゼロッテをベッドへ寝かすと、胸元へ唇を寄せる。

「あ、ぁあッ」

彼の口の中へ誘い込まれるように含まれた胸の突起は、舌先で揺らされるたびに「もっとして」と言わんばかりに色づき、硬くなった。いじられてもおかしくなってしまうのに、しゃぶられたらもうだめだ。

舌先でなぶられる乳首からの甘い刺激が気持ちよすぎて、お腹の奥がきゅんと締めつけられてしょうがない。ナカにいる彼の熱が、無意識に引くつく腰の動きに合わせてぴくりと動く。

「あ、あぁ、あ、あ、……あ、あ、あ、吸っちゃ……ッ」

ちゅくちゅくと乳首を吸い上げられ、リーゼロッテは腰が浮いた。

「……あ、あぁッ。……ウォルドさま……ッ」

涙目で胸に吸い付いているウォルドへ懇願すると、彼はシャツを脱いでいるところだった。いつの間にクラバットだけでなく、ボタンまでも外していたのだろう。しかし、そんなことより、彼の求めるような野性的な行動を前にして、リーゼロッテの心は嬉しさで満たされる。獣のようにリーゼロッテの乳首をしゃぶる彼の姿に、愛しさよりも猛々しさを感じて、目が離せないほどときめいた。その視線に気づいたのだろうか。ウォルドが、ちらりと視線を上げる。

乳首を舐めあげ、ふっと口元を綻ばせた。

「リーゼロッテのココ、おいしい」

「……たくさん、舐めて……、いやらしい……です」

「でも、好きなのだろう？」

それには、肯定も否定もできなかった。

頬を染めて黙ったリーゼロッテを見つめ、ウォルドはもう片方の胸を覆いながら、見せびらかすように舌先でちろちろと乳首を舐めてみせた。

「んんッ」

「あぁ、ほら、リーゼの身体は正直だ。……気持ちいいと、ナカは悦《よろこ》んでいるよ」

「……うぅ、やめてください」

「素直にならないリーゼロッテが悪い」

　胸の先端を解放したウォルドが、ちゅ、と嬉しそうにくちづけて、幸せが増してしょうがない。もうこれ以上、どれだけ幸せにさせれば気がすむと言うのだろうか。リーゼロッテは頬を染め、ウォルドの鼻頭に唇をかすめるように、くちづけた。

「もう……だめ、です」

「どうして?」

「気持ちよくて……、だめになってしまいます……」

「いいよ」

「いけません」

「誰がいけないなんて言うんだ?」

「それは……」

「リーゼロッテの乳首、甘くておいしいから、もう少しだけほしい」

　甘えるような声に抗えるはずもなく、反対側の乳首も口の中へ誘い込まれる。舌が絡みつき、ぢゅうぅと強く吸い上げられれば、もう何も考えることはできなかった。

頭の中は〝気持ちいい〟でいっぱいになる。

「あ、ぁあ、ああッ」

ちゅるちゅると吸われ、片方の突起も指の間に挟まれてくりくりと転がされて、また声があがった。腰が浮き、背中がのけぞり、もっとと求めるように声が甘くなる。

ナカにいる彼の熱を、何度締めつけたことだろう。

リーゼロッテの身体は、ウォルドから与えられる愛撫によって、今まで教え込まれた快楽を呼び覚ましていく。肌がざわつき、腰骨の辺りがむずがゆくなると、腰が勝手に動いていた。

その動きに気づいたのだろうか。ウォルドの腰が、ゆっくりと抽挿を開始する。

「ん、んぅ、んんんッ」

浅く、深く。小刻みに腰を動かすウォルドの動きが、少しずつ大きくなっていった。

快楽を求めてうねる肉壁をなぞりあげ、ナカに己のカタチを覚えさせるように、何度も何度も最奥を求めた。何度となく高みへ登らされたリーゼロッテの身体は、もう快楽がすぐにでも受け入れられる状態になっている。

「ウォルド……さま」

「んー？」

「……唇……を」

「欲しいの？」

こくり。小さく頷くリーゼロッテに口元を綻ばせ、ウォルドは褒美を与えるように、リーゼロッテへくちづける。待ちわびていた唇の感触に心が幸せになると、軽く頭の奥が弾けた。

「んッ」

「……ッ、あぁ、軽く達したみたいだ。俺の唇、そんなに欲しかったのか？」

「ウォルドさまの、くちづけ……好き」

「ん。ではもっとあげよう」

「……ウォルドさま、好き」

「ああ」

何度となくくちづけを交わし、触れ合うところからとろけるような感覚が生まれる。深く舌を絡めていないというのに、彼の唇が欲しくてしょうがない。そのたびに理性というタガが外れたリーゼロッテの身体は、白い世界を受け入れていた。ウォルドも何度か動きを止めて果てるのを堪えていたのだが、限界が近づいてきているらしい。

腰の動きが速くなっていく。

「あ、あ、ぁ、……ウォルド……さまッ」

「リーゼロッテ……、リーゼロッテ、っく、あぁ、もう、だめだ……ッ」

「ん」

苦しげに吐き出すウォルドへ両腕を伸ばして、彼の身体を抱きしめる。ぎゅっとしがみついたリーゼロッテは、彼の耳元に唇を寄せた。

「好き……ッ」

「ッ」

「好き……です、ウォルドさま。すき。好きッ」

溢れる想いとともに、抱きしめる腕の力が強くなり、快楽に侵されたリーゼロッテの身体はウォルドの熱を待ちわびておののく。もうだめ。好きが溢れて、どうすることもできない。リーゼロッテは目の前にあった彼の耳たぶを食んだ。

すると。

「んんッ……、く、ぁッ」

ぐっと最奥へ彼の楔が届き、一番奥深いところで熱が爆ぜる。どくん、というひと際大きな音がつながっているところから聞こえ、リーゼロッテも腰を浮かせた。どく、どく。脈打つ音とともに吐き出される熱い欲望が、空っぽのナカを満たしていき、心に幸せをもたらす。

「ん、んんッ」

びく、びく、と大きく身体を震わせるウォルドを上に、さっきまで彼を抱きしめていた腕が力なく落ちていく。冷えたリネンが、火照った肌に心地いい。荒くなった呼吸を整えながら、リーゼロッテはゆっくりとウォルドを見上げる。

「リーゼロッテ」

ほんの少し乱れた髪をそのままに、ウォルドはうっとりとした表情でいやらしく笑った。

心臓が大きく高鳴り、息苦しさまで覚える。彼は息を呑むリーゼロッテを見下ろしながら、唇を近づけてきた。

「もっと」

唇が触れる寸前に囁かれた恐ろしい一言に、リーゼロッテは反論などできるはずもなく、唇を貪られる。まだ、もっと、全然足りない、とでも伝えてくるように、ウォルドの舌はリーゼロッテのそれに絡みつき、離そうとしなかった。

呼吸まで奪われるような激しいくちづけに喘ぐリーゼロッテだったが、ずん、と腰を奥まで突き入れられたことで、彼が精を取り戻したのだと気づく。

「んッ、んんぅ、んッ、んッ」

唇を塞がれてしまえば、言葉にならない。

それをウォルドもわかっているのだろう。ナカに吐き出した己の残滓と、リーゼロッテの蜜を混ぜるように、再び欲望を打ち付けてきた。

「んんッ、ぁあ！」

「……はー、奥に、コツコツ当てるたび、……ん、嬉しそうに締め付けてくる……ッ」

「ウォルドさまぁッ」

「ん？　なに？　リーゼロッテ」

優しい声で問いかけられ、お腹の奥が甘くしびれる。

それを見逃さないウォルドではなかった。彼は、かすかに口の端を上げてから、リーゼロッテの耳元に唇を寄せた。

「……リーゼロッテ」

ねだるような、甘やかすような優しい声で名前を呼ぶ。

それも、何度も、何度も。

「リーゼロッテ、かわいい。……かわいいよ」

まとわりつくような彼の優しく、甘い声が、少しずつ残された理性を剥《は》ぎ取《と》っていくようだった。

「ああ、腰を上げてくるようになった……ッ。ここが、いい？」

ぐっと腰を突き入れられて、奥に彼の熱がこつりと当たる。ざわつく腰骨のあたりから、甘い痺れが這い上がってきた。気持ちいい、と頭の奥で欲望が理性を押しのける。

頭の中がふわふわして、もう何も考えられない。

「ん、んぅ、あ、あッ、ぁあッ」

「いい子だ……、いい子だね、リーゼロッテ」

「あ、あぁッ……ウォルド……さま、あ、あ、奥、奥に……ッ」

「ん？　もっと奥がいい？」

言いながら上半身を起こしたウォルドが、リーゼロッテの腰を上げて、己の太ももに乗せるように突く。

「あッ、あぁああぁッ！　あ、やぁ、あ、あ、あ、ぁあッ」

快感でひくつくナカをなぞり上げながら、一気に貫かれ、腰が盛大に浮いた。達したのか、達していないのかはわからないが、目の前がちかちかして、思わずリネンを握りしめる。

それでもウォルドは腰の動きを止めることなく、突き上げた。

上下に身体を揺さぶられ、ベッドの軋みも大きくなる。喘ぎながら、かすかに見上げたウォルドは、ぞっとするほど美しかった。

リーゼロッテの痴態をまるで自分のものにでもするかのような視線に、肌がざわめく。

視線があうと嬉しそうに微笑む彼を見ただけで、胸がいっぱいになった。たったそれだけで、心が満ち足りたような気さえする。

ああ、どうしよう、私は愛されている。

そう、実感したのかもしれない。

心が喜びに震え、ナカを蹂躙《じゅうりん》する彼の暴力的な欲望が愛しくてたまらない。

「ん？」

気づくと、ウォルドに向かって両腕を伸ばしていた。

「ぎゅ……って、……ぎゅって、したいッ」

離れているのが切なくて、寂しくて、このままでは嫌だと思った。

動きを止めたウォルドは「しょうがないなあ」と言いたげに眉根を寄せ、リーゼロッテに向かって落ちてくる。額をこつりと付け合わせた彼が、穏やかに笑った。

「これでいい？」

甘やかすような声に、リーゼロッテはただ微笑んだ。

抱きしめる腕に力を込めて、ウォルドの鼻頭にくちづける。それを合図に、ウォルドは再び腰を動かした。

「あ、あ、ぁあッ……やぁッ」

きゅ、と急に乳首をつままれ、力が抜けそうになる。

「ここいじるの、好きだろう？　ほら、締まった。身体は素直だ」

いい子だ、と言うように、ウォルドの指先はリーゼロッテの硬くなった胸の先端をつまんだまま、くりくりと指の間で転がす。ナカをなぞり上げる刺激、奥を叩く熱、そして敏感にさせられた胸の突起をいじられ、リーゼロッテは快楽に屈する。

「あぁ、あ、だめ、それ、それ気持ちいい……ッ」

「じゃあ、だめじゃないな。もっと、って言わないと」

快楽に身を任せたのが、ウォルドにもわかったのだろうか。彼の声が、頭の奥へ届いてリーゼロッテのむき出しになった欲望に、教え込む。――快楽をねだることを。

「……と？」

「ん？」

「……も……っと？」

「ああ、そうだ。もっと言って」

「……もっと」

「ほら、もっと気持ちよくなれる」

「ん、もっと……して」

「いいよ」

それを待ちわびた、と言わんばかりに、ウォルドは腰の動きを速めた。

ぐちゃぐちゃになったナカをめちゃくちゃに突き上げる。

すがるように抱きしめてくるウォルドが、顔をリーゼロッテの首筋に埋めてきた。ぎゅっと抱きしめられたまま、何度も何度も奥を穿つ。辺りに響く水音が、粘着質でいやらしい音に変わっていくと、ナカの熱もまた大きくなる。

「……ん、ん、……っはぁ、あ、あ、……リーゼロッテ……、もう……ッ」

「あ……ッ、あ、あー……ッ。ウォルドさま、ウォルドさま、好き、好きです」

「ああ。リーゼロッテ。俺もだッ」

「あぁあッ」

「……も、出る。……っく、あ、っくぅ……ッ」

快感を受け入れ、目の前が白く弾けた直後、ナカで熱が爆ぜた。

どくん、という一際大きな音が聞こえたかと思うと、すぐにナカが満たされる。どく、どく。

注ぎ込まれた彼の熱をすべて受け止めたかったが、残念ながらつながったところから溢れ出てしまった。

せっかくいっぱいにしてもらったというのに、もったいない。

そんなことをぼんやり考えながら、リーゼロッテは体力をごっそり奪われたような、けだるさを受け入れる。

「んんッ、ん」

ウォルドもまたリーゼロッテをきつく抱きしめて、かすかに身体を震わせていた。ナカを満たす熱と一緒に、リーゼロッテは愛しさのままウォルドを抱きしめる腕に力をこめる。

「……ウォルドさま」

頬ずりをするリーゼロッテに、ウォルドもまた頬をすり寄せた。

「リーゼロッテ……」

触れ合う素肌から生まれる熱が、愛おしくてたまらない。

「……どうかしたか？」

自然と溢れた涙が眦から落ちたのが見えたのか、ウォルドが顔を覗き込んでくる。リーゼロッテは小さく首を横に振り、微笑んだ。

「幸せだ、と思って」

「……」

「それなのに私は、ひどいことを考えてます」

「……ひどいこと？」

優しい声でウォルドが、リーゼロッテの目元をなぞって涙を払ってくれた。

「ウォルドさまは、この国に必要な方です。みなさんに必要とされている〝みんなのウォルドさま〟です。……でも、こうしているときだけは、私だけのウォルド《あなた》でいてほしい……と。みんなのウォルドさまを独り占めにしている瞬間が、私は今までにないぐらい幸せなのです……」

ごめんなさい。

謝罪を込めて、ウォルドに告げる。懺悔の思いは涙となって眦から溢れ出し、リネンにいくつもの染みを作った。リーゼロッテの涙を拭いながら、ウォルドは彼女の身体を抱きしめる。

「……では、俺も同罪だ」

ぎゅ、と抱きしめる腕に力が込められ、息を呑んだ。

「この瞬間を、誰にも邪魔されたくないと思っている」

「……ウォルドさま」

「俺だけのリーゼロッテをもっと愛したくて、明日がこなければいい、とも思っているな。……国王失格だ」

　顔を上げて苦笑を浮かべたウォルドに、リーゼロッテは微笑んだ。

「ここにいるのは、陛下ではなくウォルドさまですから、……誰も聞いていませんし、咎める者もいません。私だけが知っていればいいのです」

「それは、どこかで聞いた話だな」

　ふふ、と笑いながら、ウォルドはリーゼロッテの額にくちづける。

　やわらかな感触に、リーゼロッテもまた微笑んだ。

「ウォルドさまが、私をただのリーゼロッテにしてくださったときのことですもの。ちゃんと覚えていますよ」

「それを言ったら、俺もそうだ」

「え？」

「最初に、俺をただのウォルドにしたのは、あなただ。……リーゼロッテ」

　甘い声で名前を紡いだ唇が、触れた。

　そっと押し付けるようなやわらかな感触にうっとりしていると、下腹部に圧迫感を覚える。目をまたたかせるリーゼロッテの前で唇を離したウォルドは、顔を見られたくないのか、彼女の首筋に顔を埋めた。

「……すまない」

恥ずかしそうに言うウォルドに、リーゼロッテは何も言えなかった。

「ああ、俺は、自分が獣にでもなったような気分だ」

「……でも、それはそれで嬉しいといいますか」

「ん？」

どういう意味だ。

と、言いたげに顔を上げた彼に、はにかむ。

「ウォルドさまも、……まだ離れたくないと思ってくださるのが、嬉しいです」

「……も、ということは、リーゼロッテも同じ気持ちだということか？」

いつもの意地悪な笑顔もなければ、そういう揶揄《やゆ》もない純粋な問いかけに、リーゼロッテは頬を染めた。

「……はい。その、まだ……こうしていたくて……」

素直な気持ちをそのまま伝えたのだが、ウォルドは何も言わずに、ナカから己を引き抜いてしまった。あ、と思ったときには遅く、自分が変なことを言ってしまったせいなのか、と後悔がよぎる。ウォルドへすぐに謝ろうと口を開けたのだが、彼によって身体を転がされてしまった。

「……ウォルド……さま？」

ベッドの上でうつ伏せにさせられたリーゼロッテが、問いかける。すると、背後から覆いかぶさってきた彼が肩口にくちづけた。

「今度は、後ろから愛したい」

そう言って、リーゼロッテのナカへ再び入ってきたウォルドの欲望は、とどまることを知らなかった。それから空が白み始めるまで、リーゼロッテはウォルドに愛されることになる。

早々に抱き潰してしまった婚約者の寝顔を見ながら、国王が満ち足りた気持ちで眠りにつくのは、陽がのぼってからのことだった。

――その後、今件を重く受け止めたバルフォア家の現当主は責任を負い、長男へ家督を譲り渡し、隠居。当事者であるガロンは投獄《とうごく》の身となった。アンナもまた孤児院で文句を言いながらも、自分の罪と向き合っているようだ――と、孤児院に知り合いがいるらしいキャシーが教えてくれた。

今回の王妃選別に関しては、王家から六公爵へ事情を説明。全公爵家の理解を得られたところで、晴れてリーゼロッテがウォルドの婚約者として認められることとなった。

あとは慣例に倣い、王妃教育とともに、二ヶ月後に結婚式を挙げるだけなのだが、

「私、エリアスさまと結婚するから、リーゼは早く陛下と式を挙げてちょうだい」

家族揃《そろ》っての団欒のため、久々にランバート家へ戻ってきたリーゼロッテとその両親に、いろいろな意味で激震が走るのを、今はまだ誰も知らない――。

終章　新月の晩

その日は、月のない、星が綺麗な晩だった。

リーゼロッテはウォルドに膝枕をしながら、運河と宝石が散らばるような街並みを眺めていた。星々は綺麗に瞬き、少し遠くから宮廷楽団の音楽が聞こえてくる。

まるで──、

「〝あの日〟のようだな」

「そうですね」

思っていたことを口にしたのは、ウォルドだった。

愛しい人と同じことを考えていたのが嬉しくて、リーゼロッテは口元を綻ばせる。

「まあ、あのときと違うのは、今夜が満月ではないということぐらいか」

言いながら、ウォルドが身体を起こし、ソファへ座り直す。

今夜は、王家が主催する夜会が、王城で催されていた。

普段から周囲には気を配っているのだから、夜会ぐらいゆっくりしたいと申し出るウォルドに連れられ、リーゼロッテは彼と初めて会ったときにわずかな時間過ごした小部屋にいた。

「……本当に、いいんですか？」

「何が？」

隣からぎゅっと抱きしめてくるウォルドに、逡巡しながらも自分の気持ちを伝える。

「エリアスさまに、お祝いを言わなくて」

「それを言うなら、リーゼだってそうだろう？　今夜は王家主催の夜会ではあるが、実質、エリアスの婚約者を六公爵家を筆頭に、貴族たちへお披露目する目的もあるんだ。主役は俺ではない。――エリアスと、その婚約者のロゼリア嬢だ」

少し前に生家へ一度帰ったときのこと、ロゼリアの嵐のようなひと言のせいで、リーゼロッテはまたしても振り回されることになった。なんでも、エリアスがロゼリアの求婚を断ったらしい。それも、リーゼロッテとウォルドが結婚をしていないことを理由に。

『だって、エリアスさまってば、主より先に結婚する臣下がどこにいますかって、言うんだもの。私はいつだって離れたくないっていうのに』

盛大な惚気《のろけ》に両親含め、リーゼロッテを薔薇のように赤面させた愛らしい〝薔薇の君〟は、最愛のエリアスと心が繋がってからというもの、その思いを止めようとはしなかった。

結果、リーゼロッテがウォルドへ相談し、とりあえずロゼリアをエリアスの婚約者としてお披露目をすることにしようと提案してくれたのだ。――それも一時しのぎであることに、変わりはないのだが。

それでも、今夜、エリアスの隣で、彼のためのたった一輪の薔薇になっているロゼリアはとても幸せそうに見えた。もしかしたら、ただ不安だっただけなのかもしれない。

あんなにも自由奔放だったロゼリアが、エリアスのために変わろうとしている事実に、父も母も驚きを隠せないとともに、少し寂しそうにしていた。娘ふたりが、ほぼ同時に愛しい人を見つけてしまったのだ。親といえども、胸中複雑な気持ちなのだろう。

それだけ、自分たち姉妹は愛されていたのだと、実感する。

「……あんなに幸せそうなお姉さま、初めて見ました」

「そうか。リーゼロッテこそ、その大好きなロゼリアのそばにいなくてもいいのか？」

「……ウォルドさまがいるのに、その質問は意地悪です」

「そうか？」

「ええ、そうですとも。お姉さまとウォルドさまは、違うのですから」

楽しげにウォルドがうなずく。

「何が、どう違うのか、教えてくれないか？」

「確かに私はお姉さまが大好きですけれど、……一緒にいたいのはウォルドさまですよ」

言わせたかったのか、言ってもらいたかったのか。

ウォルドは嬉しそうに微笑むと、リーゼロッテの額にくちづけた。

「それに、少し寂しいですけれど、お姉さまのそばに私は必要ありません」

寂しいという感情がおかしいというのは、わかっている。

ロゼリアが大好きで、ロゼリアの幸せを本気で願っているのは確かだというのに、説明できない寂しさが拭えない。エリアスにとられたわけではないのに、変だと自分でも思う。でも、それはいつかやってくるものだというのも、わかっていた。

「お姉さまにはもう、エリアスさまがいてくださいますから」

「……そうだな」

リーゼロッテはふと、ウォルドの顔を覗き込む。

「なんとなく、ですけれど」

「ん？」

ほんの少し寂しさが伺えた表情が、両親のそれに似ていると思ったリーゼロッテは、考えるよりも早く思っていたことを口にしていた。

「ウォルドさまも寂しいのではないですか？」

それを聞いたウォルドが、目を瞠る。

「俺がか？」

「はい。おふたりのことを聞いてから、私との触れ合いが増えたと言いますか……、ウォルドさま、エリアスさまととても仲が良かったご様子でしたし……」

言いながら、毎夜、ベッドでのことを思い出す。

「朝まで離してもらえないのはいつものことなのですが、最近では、いつにも増して激しいというか、求められているというか……、甘えられているような気が……」

と、思考がだだ漏れていることにも気づかず、リーゼロッテは考えていることをすべて言葉にしてしまった。うーん、と続けようとしていたリーゼロッテだったが、ふとウォルドに抱きしめられ、ソファへ押し倒されたことで、自分が何かやらかしてしまったのだと気づいた。

「ウォルドさま……？」

「……まったく、リーゼには参る」

見下ろしてくるウォルドが少しずつ近づき、リーゼロッテの唇を覆った。

「んんぅ、んんッ……ん、だめ、ですッ」

隣はまだ夜会の最中だ。宮廷楽団の音楽がかすかに聞こえてくるということは、ここで大きな声は出せない。ウォルドのくちづけから、このままではすまないことを察したリーゼロッテは、抵抗を試みる。――のだが、リーゼロッテを快楽に抗えない身体にしたのは、ほかでもないウォルドだ。

自分の弱いところを着実に刺激して、すっかりとろけた顔にさせられる。

「……っは、あ……ウォルドさま」

濡れた唇をぺろりと舐めて、彼は微笑んだ。

「正直、エリアスが婚約者を決めてくれたことは嬉しい。そこに寂しさがあるかどうかはわからないが……、リーゼロッテとの触れ合いが変わったのは本当だ」

「……え？」

「やっと、愛しい人が手に入ったのだ。――以前と違う求め方をするのは、当然だろう？」

「……」

「俺はただリーゼロッテを愛すのに、本気になっただけだ」

低い声で、今にも食べられてしまいそうな発言を聞き、腰骨の辺りが疼く。

もうだめだ。逃がしてもらえない。

普段は運河のように穏やかな色をしている碧い瞳に、欲望をたぎらせたウォルドが近づいてくる。触れ合う吐息が合図となって、深くくちづけられてしまえば、リーゼロッテの身体から抵抗は消えた。

快楽に堕ちていく意識の中で、ウォルドの声が絡みつく。

「……愛させてくれるね？」

誘惑する甘い声が小部屋に響き、にっこり微笑んだウォルドがリーゼロッテの心を奪う。

そんな言い方をされたら、拒むことなどできない。

リーゼロッテがゆっくりとウォルドへ腕を伸ばし、彼が唇を近づけてきた。

「……リーゼロッテ」

「？」

「愛してる」

唇が触れ合う寸前、つぶやかれた愛を唇に刻みつけ、新月に隠れた溺愛の夜が始まった。

あとがき

蜜猫文庫さまでは初めまして、伽月るーこと申します。

このたびは、本書『国王陛下は身代わりの花嫁を熱愛中』を、お手にとってくださり、まことにありがとうございます。

今作は、なんというか、こう、ロゼリアなくして語れない作品になったような気がします。もともと、こういう破天荒なキャラクターが大好きでして……！　周囲をかき乱す、かき回す、自分で世界を回しちゃうようなキャラクターを、一度は書いてみたいと思っておりました。

それが念願叶ったのが嬉しかったのか、担当さまに「ロゼリアの出番を減らしてください」とまで言われるほど、気づいたら存在感が強くなっておりました。ロゼリアのような、溺愛、破天荒、いい意味で自分勝手の三拍子が揃ったら最後、私が暴走しておりました……。本当はもっとロゼリアを書きたかったのですが、さすがにこれ以上は、と思い、ここまでに留まりました。

自分の好きなキャラクターを書くと、どうしても暴走しがちになるのですが、今回のヒーロー・ウォルドもなんていうか「本当にヒロイン大好きだな、キミ」というのがだだ漏れていて楽しかったです。ヒロインのリーゼロッテが「好きじゃない」と泣いてすがるシーンが、なにげに気に入っているのですが、ウォルドも「あのときの彼女は死ぬほどかわいかった」と、真顔で思っていることでしょう。

彼の溺愛っぷりが本物だったおかげで、今まで書かせていただいた作品の中でも、一番と言っていいほど某シーンが多かった作品になりました。こんなに書く予定ではなかったのに、なぜか増えたんですよね、不思議です。

とまあ、そんなわけでして、ウォルドがリーゼロッテをたくさん愛するお話になりました。今作、まだ語り足りないと言えば、やはり、やはり、作中に出てくるミアでしょうか……！もうね、猫好きの私といたしましては、とてもとてもとても楽しくミアを書かせていただきました。もうほんと、大好き。白くてふわふわのもふもふでぷにぷになにゃんこ!!

この情熱が、読んでいるみなさまに伝わっているといいな、と思ってやみません！

ミアにはモデルがおりまして、去年十九歳で見送った、うちのミミです。瞳の色は違うのですが、彼女の行動やら、いつも膝の上で寝るときにぐるぐる回っていた仕草を思い出しながら、書いておりました。作品を書きながら、再びミミに会えるとは思わなかったので、こう、なんともいえない気持ちです。

おっと、私の猫語りが始まってしまう！　いけない、いけない。

個人的な感情だけでなく、いろいろな思いを詰め込んだ一作になりました。

また、イラストをご担当くださった、天路ゆうつづ先生。

キャラララフをいただき、一気にヒロインとヒーローのイメージが視覚化されました‼　美しいウォルド、かわいらしいリーゼロッテに、にこにこが止まりません！　天路先生の繊細で美しいイラストで、本作を彩ってくださり、まことにありがとうございます。映えるカラーもさることながら、素敵なイラストを添えてくださったこと、重ねて感謝申し上げます。

さて、まだもうちょっとページ数があるので、他に何を書こうかなーなどと思っていたのですが、あとがきについて先日、漫画を描いている友人に、

「あとがきって、すらすらネタ出てくるの？」

って聞かれたことを思い出しました。

むしろ、この会話をこのあとがきに使っていいか、と聞いた私に、友人が「いいよ、使ってー」って言ってくれたことも、ネタになります。つまり、日々ネタに溢れている毎日のはずなのに、あとがきになると、さっぱり出てこないという――そう、それがあとがき。

とまあ、あとがきのすごさを実感したところで、そろそろ終わりにしてまいりましょう。

今回も、私を叱咤激励してくださった担当さま。最後までお話を書ききることができたのは、担当さまあってのことです。いつも、本当にありがとうございます。

本書を彩り鮮やかに描いてくださった天路ゆうつづ先生に、もう一度感謝を。素晴らしい華のあるイラストに感動しております。目で楽しませてくださり、ありがとうございます！

日々、私の生活を癒やしてくれる愛猫、家族、連絡をくれる友人、ツイッターで構ってくださる方々、この本に関わるすべてのみなさまに、感謝申し上げます。

最後になりましたが、この本を手にとってくださいました方へ、心からの感謝を。

それでは、またどこかでお目にかかれることを祈って。

二〇一八年　七月　伽月るーこ

蜜猫 Mitsuneko Label

蜜猫文庫をお買い上げいただきありがとうございます。
この作品を読んでのご意見・ご感想をお聞かせください。
あて先は下記の通りです。

〒102-0072　東京都千代田区飯田橋 2-7-3
(株)竹書房　蜜猫文庫編集部
伽月るーこ先生 / 天路ゆうつづ先生

国王陛下は身代わりの花嫁を熱愛中

2018年8月29日　初版第1刷発行
著　者　伽月るーこ　©KADUKI Ru-ko 2018
発行者　後藤明信
発行所　株式会社竹書房
〒102-0072 東京都千代田区飯田橋 2-7-3
電話　03(3264)1576(代表)
03(3234)6245(編集部)
デザイン　antenna
印刷所　中央精版印刷株式会社

Printed in JAPAN
ISBN978-4-8019-1580-0　C0193
この作品はフィクションです。実在の人物・団体・事件などには関係ありません。

御堂志生
Illustration ウエハラ蜂
逃げ花嫁は海軍士官の王子様につかまえられました♡
これで興奮するなって
言うほうが無理だよ
財産狙いの従兄との結婚から逃げ国境の街へやってきたサラ。危うく捕まり乱暴されそうな彼女を救ってくれたのは隣国の海軍士官ヒューだった。サラは彼に偽装結婚してほしいと懇願する。形だけでなくちゃんと子供も産んでくれるなら結婚してもいいと言うヒュー。すぐに式を挙げた初めての夜、サラは優しく愛される。「君の甘い肌に触れて興奮した」頼りになるヒューに惹かれるサラだが彼はなんと隣国アイアランドの王子で!?

鋼の元帥と見捨てられた王女
銀の花嫁は蜜夜に溺れる
小出みき
Illustration 森原八鹿
もっと可愛い声、聞かせろ
無敵の元帥×魔女の娘
魔女の娘と忌まれ、幽閉されていたルシエラは、異母兄である国王に、辺境に引っ込んでしまった母方の従兄である〈鋼の元帥〉、ザイオンを戦に出るよう説得しろと命じられる。国王を憎む余りその遣いのルシエラにも冷淡だったザイオンだが次第に彼女には優しくなる。「見せろ。綺麗なんだから」幼い頃から憧れた従兄に愛されて幸せを感じるルシエラ。しかし彼を城に連れ帰れないと、自分が殺されてしまうことは告白できず⁉

人間不信な
王子様に嫁いだら、
執着ワンコと化して懐かれました
葉月エリカ
Illustration Ciel
やっと、叶った……
僕は今、君を抱いてる
グランソン伯爵の落とし胤であるティルカは、父の命令で第一王子のルヴァートに嫁がされる。彼は落馬事故により、足が不自由になっていた。本来の朗らかさを失い、内にこもるルヴァートは結婚を拒むが、以前から彼を慕うティルカは、メイドとしてでも傍にいたいと願い出る。献身的な愛を受け、心身ともに回復していくルヴァート。「もっと君に触れたい。いい?」やがて、落馬事故が第二王子の陰謀である疑惑が深まり!?

すずね凛
Illustration 天路ゆうつづ
ママになっても溺愛されてます♥
孤独な侯爵と没落令嬢のマリッジロマンス
私が守る。
私がお前たちを幸せにする
子供は持たないと言うドラクロア侯爵、ジャン＝クロードと恋仲だったリュシエンヌは、ひそかに産んだ彼の子と静かに暮らしていた。だが難病にかかった娘、ニコレットの手術に多額な費用が必要になり再びジャンを訪ねる。彼はリュシエンヌが自分の愛人になることを条件に援助を承知した。「いい声で啼く。もっと聞かせろ」真実を告げられず、もどかしく思うリュシエンヌ。だがニコレットの愛らしさにジャンの態度も軟化し!?

山野辺りり
Illustration ことね壱花
侯爵令息は意地っ張りな令嬢をかわいがりたくて仕方ない
我慢の限界だ。ここまでされたら踏み止まれない
恋人に裏切られ婚約破棄されたクローディアは、素性を隠し侯爵家で家庭教師として働くことに。生徒のエリノーラは素直で可愛いがその兄シリルは美しいが女たらしだという噂があり、クローディアは警戒する。ある日、元婚約者の無神経な手紙に傷付いたクローディアは酔ってシリルに絡んでしまう。「僕が紳士であることに感謝してほしいね」真摯に慰められ気持ちよくされたクローディアは、酔うたび無意識にシリルを訪ねて!?

藍杜 雫
Illustration ウエハラ蜂
聖爵猊下とできちゃった婚!?
これが夫婦円満の秘訣です!
Seishaku Geika to DEKICHATTA KON!? Korega fuufuenman no hiketsu desu!
かわいくて、淫らなキミは、わたしの世界一の奥さまだ
聖エルモ大学に通うハルカは子どもができたら結婚してもいい、という条件で赤の聖爵アレクシスと付き合い始めた。「もっともっと快楽に乱れた君が見たいな」単なる戯言だと思っていたのにアレクシスは熱心に告解室での子作りを迫ってくる。華やかで奔放な彼の気遣いや面倒見のよい面を知るにつれ離れがたくなってしまう。遂に子どもができ、喜々として結婚の準備を始めるアレクシスに隠していた自分の事情を言えないハルカは!?

皇帝陛下の専属耳かき係を仰せつかりました。
年の差婚は溺愛の始まり!?
上主沙夜
Illustration サマミヤアカザ
俺がうんと
気持ちよくしてやるから
レアは幼い頃、皇帝ユーリに拾われ彼専属の耳かき係として宮中で育てられた。ユーリを慕いずっと彼の傍で仕えたいと願う彼女に、ユーリは突然結婚を申し込んで情熱的に愛撫してくる。「愛している。そのまま感じていればいい」大好きな人と結ばれ幸せだが、結婚には不安を感じるレア。彼女にはユーリに拾われる以前の記憶がなかった。そんな時、ユーリがレアに執着するのは亡き前皇帝の皇女と似ているからだという噂がたち!?

女嫌いの国王は、
花嫁が好きすぎて溺愛の仕方がわかりません。
藍井 恵
Illustration 弓槻みあ
男をそんなに
挑発するものじゃないよ
美少女だが男勝りの伯爵令嬢ヴィヴィアンヌは、舞踏会から逃げ出して木に登っていたところを国王ジェラルドに気に入られ求婚される。貧乳を告白しても引かないジェラルドに実は男性が好きなのではという疑惑を持ちつつ結婚することになるヴィヴィアンヌ。「気持ちいいんだな？　さっきからすごい」花嫁に夢中な国王に溺愛され開花していく身体。愛し愛されて幸せな日々だが、ジェラルドが長期で辺境に遠征することになり!?